第十屆水煙紗漣文學獎作品集

校長題辭

第十屆水煙紗漣文學獎作品集即將出刊，多年來在師生共同的努力耕耘下，以細膩的文字創作出一篇篇精彩的作品，陪伴我們走過了十年，期盼在這個酷暑，它能帶給大家更多的文學體驗。

校長　許和鈞

主任題辭

水煙紗漣，十年

十年，對習於誌紀的民族來說，極富意義。這意味著，水煙紗漣一路蛻變的紀錄，足供我們瞭解在摸索、跌撞、沈潛、躍升或者是拔高的過程，暨大人如何逐漸蓄積屬於自己的藝文風貌；當然，還有氣韻。我特別回顧了歷年文學獎的集子，還有等待付梓的作品，深深覺得水煙紗漣十年，十足有味。

也的確耐人尋味。因為十年同時是一年一年加總而來的。當我從第一年開始找尋這些屬於暨大人特有的味道時，發現裡頭不但有暨大文藝青年的佳構；也蘊藏著學子與校外知名藝文先行者的對話。凡此種種，咀嚼有味。的確是樂在書寫的暨大人，不能遺漏的精采話題。

接手行政以來，實地看到執編學子的辛勞。心裡就越明白，十年水煙紗漣大不易。站在回顧與前瞻的渡口，一方面感謝所有參與這些過程，來自校內外師長的投入；另一方面，也要謝謝這些集子的主角，所有暨大青年。對習於誌紀的民族來說，山城紀歷著我們的腳印，為著下一個十年，我們必須更努力的踏出每一步。

主任　王學玲

目錄

散文

新詩

小說

文學獎活動紀錄

散文

初審老師：林俞佑、鄭雅尹

決審老師：陳　列、楊佳嫻、戴毓芬

首獎

捕，嘸影

中文系三年級　廖紹凱

「恁兜的查舖人攏仝款，我實在攏看嘸。」

近二十多年的婚姻，母親疾言斷定，以此句總結我與父輩那看似有名終了卻無名留史的姓氏所致之缺憾。關於我姓掌故來於西螺「七崁」，七崁既是地名也是祖訓，開宗一崁即為：「生廖死張，故曰張廖」而其餘六崁則扣緊生活忠義禮俗。對於第一崁的朧朧印象，應是來於祖母口中。

幼時，祖母曾在公媽廳，要我抬眼瞧著先祖牌位。我大眼瞪著牌位上斑駁的字漬，細看每字卻搜不著熟悉。祖母在旁說「張」是我輩死後的姓，姓廖不過是黃泉前的無字筆錄，死後立碑，立的是張不是廖，但無論如何都是嘸影。話一終，祖母闔口佇眙牌位，我仍小，只是望著餘暉鋪照的一隅。根本不懂為何會是姓張，也不懂我輩會是黃泉路上前後嘸影的一族。

因而，對母親而言，我們可能不存在。母親認為父親如此打拼，不過是為了讓影子般實而不致褪落。

拼命的父親一生無所懼，卻時常泊靠菸雲。我想是怕失足，畢竟只要一失足，那有名的生命便會提前跌入虛恍時光，方成無名。雖是如此謹慎，但在數年前父親業已遁入褪色的記憶，日漸消失。正如我們的姓名，無法刻印於石碑上，僅能存在於渺茫的記憶。不過，父親的身影並非如此稀薄，不是因為膚色異於我那般黝黑，也不是因他壯碩的體型，我想多半還是他一生雙手疊磚砌牆，砌了一道擋風的軀體，為家人護撐。

母親也同樣靠著雙手在泡沫中逐步殷實她的生命，以白色的墨水撰寫她的生命史。我見父親則一生雙手蘸滿黑油，以力換錢，企圖就此塗寫空白的生命史，但歲月增年在膚理留下刻痕，卻不見父親日益光彩只見存摺裡黑灰刷印的數字終究不過六位門檻。相較母親入門二十多年，讓她藉此埋怨她女人家一人徒手功夫也該換得二十多年後安老生息，不明白為何父親總聽不進去她話語裡的盤算，兀自落得一身烏灰，我想扮相則正如鬼影般，魍魎魎魎。

而我也總盤算著如何離家，如何獨自生活，如何表露我無言盤對母親的事實。

於是大學離家入山讀書，每每返家總待坐不住，只顧急忙穿戴染髒的帆布鞋，繫好鞋帶像貓躡腳下樓移入客廳，行經母親的髮廊簡短報備後便離家出門。出了門再匆忙與友人招呼，坐上其車呼嘯離去。此況，則不斷地以同樣的舉動，同樣的姿態，同樣的表情搬演著，為此實踐我乃生活在此刻，以不斷行動證明存在。

某次我於機車上回望身後，見那白磚砌貼的壁面，在烈陽下襯著斑駁雨痕及鏽黃窗籠顯得格外滄桑。心想，原來這個家也褪老於月歲中，像衰頹的獸萎靡於冉冉時歲。

那棟砌有十多年的透天厝，是雙親以雙手結繭再捆捆抽絲織架而來的，對他們而言，這是實體也是精神庇護所。但關於家，這字眼兒儘管尋常，卻未能在與我的青春逐步競賽中發揮它的功效。對我而言，它是表演是伎倆是母親施壓時的鎂光燈，猶似審問的投燈，燈光熠熠，墊於光底的陰影是我犯過的錯，襯著我的不該與不對。

母親往往在入夜十點鐘後，一開漫漫的逼供與酷刑。我多半會先睡眼惺忪地見她於床邊怒眼佇立待審。假若她雙眼如鷹，則口舌如箭扣弦待發。一開口，迸射的語句若雨，劈哩啪啦地在入夜後的東區著實響亮，就算緊閉玻璃拉上窗簾闔上房門，能像會穿透似的落箭紛飛疾入街坊鄰居的夢夜。隔天則成為母親髮廊裡街坊插

在腦門的必聊話題，藉此寒暄慰問，以度悠悠日常。

對母親而言，或許犯錯的我更讓她感受到生活的苦楚與惘然未知，架空她原有的生活，並從而填實。

在母親眼裡，犯錯的我也應是隨時間不斷膨大直到她無法掌握，就如同父親與哥哥。起先我總杵著讓母親唸著，後來開始會搶話會頂嘴，最後竟也無視她的話，甚至只是低頭。其實都在眼裡淹溼映成淚光，只是我不甘落下。我明白，不斷道罵的母親是在罵也在哭。她的哭淚奪眶混著她鎮日在吹風機底下日漸沙啞的嗓子，與空氣的懸粒摩擦。總罵著：「恁兜的查餔人攏仝款，我攏看嘸。」

話總讓我想起公媽廳內祖母的話。幼時的話大抵過了十五入園掃墓，瞧見一道道碑上所刻才驗證祖母所言，那日清明節出園後我壓根判定那墓園根本就是張林。我才懂得，我輩隱藏的漂恍是因為我們無史。

雙親眼前一場場離去的落幕是現實的安排。

相別台中後，地圖上一條虛線疏緩了我與母親原本日益趨緊的生活，並結束我母親眼裡我的青春躁動。她仍在盤算，盤算著怎麼走位移星，怎麼再砌面牆怎麼再復染褪色的圖像。

她盤算的範圍都是家。家是她最大的言語行為的主導；是她構成生活、思想總體的核心；是她攫取生存的動力。

已然白髮蒼竄髮根的母親，雙手鋪天蓋地為的是家，為的是踏錯步的丈夫，為的是膝下兩名日益成人的孩子。煩惱在眼皮下抽蓄，每一歇斯底里，則眼皮跳動，神經抽拉顏面，滾著淚水淌過雙頰，像河渠溢刷礫石鋪墊的旱道。只是我總低頭，瞧著我雙腳踏在何處，思索踩踏的是泥淖還是流水，是倫理常規還是情愛欲望，是雙親還是友人。

但離家後，我其實不大回台中或應說是不大愛回家，因我以為我姓只能留在現世意味著我必須掌握我的存在，我所存在的每刻。所以總愛往繁麗的光影裡沮沮。那裏它，雖六色絢麗，卻都不存於雙親的世界。

在父親的世界裡，黑油，扳手，活塞，凸輪軸，汽缸床，無不是父親重要的材料。某年夏天，我驅入父親的鐵皮工廠，往辦公室的四周看去，既有流淌一地黑油中的零件堆疊，或有損壞的車體鈑金凹陷。而場內豢養的四隻黑狗吠著，廣播喧雜，漫著一股機油黑油混雜的味。哥哥拿著扳手鎖緊零件，他雙手黝黑而手筋賁張，一臉猙獰地屏氣使勁。或許，父親年輕時也是如此模樣。然而工廠與家裡母親

的髮廊截然不同，一黑一白。

這座鐵堡，是父親窩居的據點。幼時母親曾拉著我與哥哥，駕著她粉紅小五十像雲豹疾往父親工廠。我屈身在機車龍頭前，聽馳逝的風正囂。抵達工廠後，母親吩咐我們不得進入，我站在哥哥身後不斷回望場外的馬路，無一馳車，然則場內像日早人聲交鋒，囂囂糟糟。自歸家入被後，隔壁父母的房間總有交談聲，還有一些濕氣穿透牆壁與門鎖。

儘管父親相貌木訥粗眉間飽含正氣，卻也是好賭。那郊外的工廠深夜牌桌碰敲是想與運氣爭奪，就此看是否能因而翻身。

不過事與願違。

在那段時間，父親只現身周末，與我短暫交談。當我一早出門上學與入夜就寢，都不曾看到他，待我入中學情況仍舊。中學後，我已搬離與哥哥同臥二樓的房間，獨自棲身在三樓房間，也開始盤算日後。雖說是交談，卻更是訊號的發送與接收。我想，父親是神祕的亦如我也是。而母親看在眼裡，都明白，我們各安自己的秘密不曾出口。

但秘密不就因不得宣張，才是秘密？

透過電話盤算日後，在話筒兩端與友人交換心得，有時一方哭訴一方聆聽，不時交替。在日益昏寂的屋內，讓我以為這才是歸所。不過那都是一些空談假想，正如日後碰到的愛情，方才明白事情不是單純而簡單。與友人親暱談話的日子構築了日後怎也扯不斷的基礎，日後的愛情也是同樣。在面對的愛情關係中假想著我與情人會相識到老。因而與友人的關係維繫至今。儘管面對人，不論是愛情還是友情，都有折損。但我以為看似折損，也是種收穫。對照著母親的行動，儘管母親斷言對於父親與我等的行為不甚明瞭，也判定我與父親同款，卻見她口上越是跋扈雙手越是賣力。母親終究是不會輕易放棄，我想與其說她篤信「家和萬事興」我更願相信她不願因為折損而退敗，因為從日後回望，損益才能真正顯現。

父親在家不多言，亦如我也同樣。不過父親終究開口寄望一解他眉心鎖住的話。

但仍是事與願違。

那事是母親轉述。那年透樂彩、運動彩券方興未艾，又因為網路盛行遂有地下賭博架設網頁。父親圖謀高利，但也顧此失彼忘了高利潤同樣高風險。

母親在哽咽中，儘管罵卻不斷要我們不能讓在懸崖邊危步的父親又落苦淵。我

杵在母親前面，她手中的衛生紙團層層加厚。當她要我不能不理父親抑或輕視父親時。我思索了這兩個詞彙，也不甚了解為何自己要輕視與不理？我簡短回答母親：「不會」然而問題並未此解決，我開始懷疑我對這件事既沒有感覺，我不懂這洞有多深有多大，不懂日後它拉著雙親向下墜落的引力足以摧毀他們創寫的過去，不懂它能像針般戳破我對每位親戚的昔日印象。我竟是草草地讓它滑過心上。

相形下，父親不若我冷眼旁視，也不同母親琢磨此事。他仍木然於菸雲之中。一日深夜我步上頂樓，青白月光裏一層朦朧卻見一點燒紅的光在那牆角。幽微中我認定那是父親，便喚著父親，但一次又一次都不見他理睬，似乎是未發現我已在旁。父親眉頭皺著像羅丹的雕像——在地獄之門前的沉思者。雙眼下凹而軀體蜷縮蹲下，父親或是黃泉路上前後躑躅，因為每前進一步，都得格外謹慎。日後，又母親在旁嘮叨，口裡機算推敲，雖是為了父親。父親都不改沉默，眼裡只管向下望，像要捕捉什麼。

面對母親時，我了解，我也未開口。

仍未述說關於中學後的幾段戀情，那些情人們。他們是怎樣的讓我在獨居的房間翻騰日夜，而我又那麼不懂得排遣失去的心情以致終日愁眉無展，讓母親以為我是厭家是正值叛逆。甚至是連番造訪的友人，在我與他們交換眼神，一舉瞞過母親鷹眼般的監視，不曾正眼告訴她安於我心中的秘密。

離家後的我，像是因距離而撇開母親的觀察，我開始自個兒的生活。母親似乎放下對我的觀察，偶爾仍會說她不懂我在想什麼。我想我依舊還在作夢還在盤算還在問自己要怎麼回家要怎麼開口。還在回想公媽廳裡，那個年幼的身影憨憨，不明不懂只管著手裡的香胡亂拜拜。不知眼前是公媽是祖輩是血緣的根，更不知自個兒是嘸影的孩子。每每只會拉著祖母的衣襟低頭看著龜裂的水泥地上，一層復一層的污漬。或許是在拜地，拜謝祂予以一片能踏實足印的土地，讓人留下痕跡。

而我始終低著頭，低頭望著雙腳旁晃動的黑影。

貳獎　味道

中文系三年級　莊羽馥

眼、耳、鼻、舌、身——人用以感受世界的五官。不論學齡前的嬰孩，乃至成長過程的每時每刻，無不是靠五官來感知世界。

曾經有同學說我鼻子大，這大概是構成我嗅覺較其他感官知覺來得靈敏的關鍵要素。許多人初到某個陌生環境時，莫不睜大眼睛瞧個仔細。藉由視覺的探尋，將眼前所見涉入腦海以達到平定心思之目的。但我，卻是略微抬頭、小心翼翼的吸入一口氣，讓屬於該空間特有的氣味，由鼻腔、通過氣管、進入肺中，再讓血液帶著包覆此空間味道的氧氣在體內流竄，衝擊我的大腦進而感知這陌生之境。

空洞的石灰水泥味是附近即將完工的大樓工地、帶有一點木香的是對街的木材加工廠、腐舊櫥櫃的味道是鄉下久無人居的婆婆家、熱氣蒸騰的肉骨味是常去的麵攤子、蔭涼綠濕的蘚草味是校園中太陽照射不及的角落。每個地方、每件事物，乃至於每個人，都有其獨特之味。嗅覺特別靈敏的我，便靠著這些氣味，用以記憶這個世界的一切。

黑豆發酵的味道，是記憶中最熟悉的味道。國中住校，學校位在特產黑豆蔭油的西螺小鎮。每周五返家時總要先經過一家醬油工廠才到達車站，豆子發酵的異味，同學都說是「臭酸」味，紛紛掩鼻走避。只有我，總忍不住深深地、用力地多吸幾口氣，唯有如此，才能從中感受那股只有黑豆發酵才會散發出來的獨特醬香，以此啟動我的知覺味蕾，喚醒我的深處記憶。

外公家也是做醬油的，醬油工廠就在自家門後，在街上就可以聞見撲鼻而來的醬油香味。工廠內的工作進行可分為兩區：一區是專門製作豆麴的，而另一區是醬油成品的包裝作業。一般製豆麴前須先將黑豆高壓蒸煮過，再將麴菌均勻拌入黑豆中，平鋪在竹製大圓盤上。更早以前沒有麴菌成品，只能待黑豆自然長黴發酵。撒入麴菌之後的黑豆，就送至二樓的那間通風室養麴。待黑豆上發滿了黃黃白白的絨毛後，便可將之拿到頂樓撒鹽曝曬。一段時間後，曝曬好的豆子即可倒入醬缸中蔭製，約莫四個月後始可開缸。開缸後把底部的豆渣壓榨過濾，即可得到黑豆原汁，再加入糯米和焦糖一起蒸煮。以前工廠還沒有引進無菌包裝的技術，醬油煮好後要利用其熱氣與水蒸氣，使得瓶內的空間較接近於真空的狀態，此時將仍然溫熱的醬油裝入矸仔中，就成了最傳統道地的壺底蔭油。

小時候跟外公住在一起，下課後都跟著外公在醬油工廠裡幫忙。年紀還小的時候只能當個跟屁蟲，看著阿公曬豆子、醃豆子。大一點後，開始幫忙在封裝完成的醬油矸仔上貼「標仔」，也就是印有「李家特製黑豆蔭油」的商標。醬油矸仔是玻璃製的，一般的紙很難黏貼於上，所幸除了醬油製作之外，外公還有祖傳的獨家秘方——利用糯米和番薯粉煮出來的強力糍糊。這種帶有點米香的糍糊，不僅可以讓標仔緊密的服貼在矸仔上，也可以讓任何需要黏貼的東西都牢牢貼緊，每逢春年，家裡的春聯也一定要用那種自製的糍糊，才得以牢貼於鐵門還有鋁門窗上，而不致脫落。

貼完標仔的醬油矸仔要裝成一籃一籃的送上貨車。還記得小時候看大人一手提兩三瓶醬油很厲害，於是也跟著有樣學樣，原先還得意洋洋的以為自己辦到了，殊不知下一秒便樂極生悲。我的腳勾到了綑醬油的塑膠繩，人絆倒就算了，連帶手中的兩三瓶醬油也跟著我一起撲向地面摔個粉碎。頓時濃郁撲鼻的醬油香衝進我的腦門，外公趕緊將我扶起，並到水槽邊清洗。當時我感到愧疚極了，不僅摔了一大跤，還把醬油都打破，浪費了那些美味，只低著頭連氣都不敢哼一聲，任由外公抓

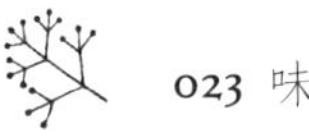

著我的手在嘩啦嘩啦的水柱下沖洗。滿手的醬油讓水沖淨後，外公赫然發現我被斫仔的玻璃碎片割破了手，原先低頭不語的我，看到了自己汩汩流出的鮮血後，竟然「哇！」地開始放聲哭喊，讓外公和舅舅都覺得哭笑不得。

周末不用趕工的下午，外公會騎著他的「野狼仔」載我和表妹一起去八卦山上玩耍。我們倆總會搶著坐在油箱上，不僅可以享受迎面涼風吹拂臉蛋，還可以享有外公雙臂環繞的安全感——那是一種使人心安並且會忍不住想放聲歌唱的愉悅心情。儘管這樣的童年沒有卡通、娃娃的陪伴，但是卻有最刻骨銘心的醬油童趣生活伴我成長。外公穿梭在高壓機器和曬豆棚之間的身影，總是在我心頭縈繞。只可惜，那種釀製醬油的醇郁味道，隨著舅舅的病逝、工廠的遷移，如今只能收藏在我的兒時記憶中，隨著年歲的增長如壺底油般愈沉愈香。

不同於溫熱的黑豆醬油香，外公的房裡，充滿了一股中藥味。那是廚房煎藥草的味道乘著風、穿過迴廊，散布在屋裡的每個角落。外公對於藥草植物一直很有興趣，收藏了好幾本關於中醫藥草的植物書，經常的翻閱使得書皮都已經發黃脫落了。雖然比不上診所的中醫師，但是外公對於中藥頗有研究，從小到大，若是身體有些病痛，只要像看醫生一樣把症狀告訴外公，外公立刻對症下藥。不管是否有效，吃下外公親自開的處方箋，都會立刻覺得藥到病除了。如今上學外宿，每每經過鎮上的中藥材店時，都會拼命多吸幾口氣，找回記憶中家裡總是瀰漫的中藥香。

升上高中後，跟著媽媽搬離了外公家。但外公的身體卻每下愈況，夜晚挑燈夜戰時，時常接到電話告知外公氣喘又發作的消息，然而卻只能在周休二日時才有空回去探望他老人家。每次回到外公家，我一定抱著外公，跟他撒嬌我好想他，外公總會展開笑顏，一手握住我的手、一手摟著我的肩，然後兩人依偎在一起看著老掉牙的鄉土劇。

外公中風之後，右邊身體變得比較不靈敏，我和媽媽回去探望外公時，總會輪流幫外公按摩。外公老是嫌我力氣小，要我多使點勁。其實我是害怕弄疼他，長期臥病榻使外公的代謝循環變差，經常四肢水腫。吃了醫生開的藥之後，儘管消了水腫，但也使得手腳恢復了原本骨瘦如柴的樣貌。每次幫外公按摩時我總是特別小心，就怕一個施力不當，在外公的皮膚上留下令人心疼的瘀血斑斑。

小舅前兩年到泰國玩的時候，幫外公帶回了幾罐綠色的萬金油，味道很香很特別，總覺得熟悉，卻想不起來在哪聞過類似的味道。外公也很喜歡那種味道，每次按摩前，一定我先塗上一層。於是綠色萬金油很快就消耗殆盡了，台灣買不到相同

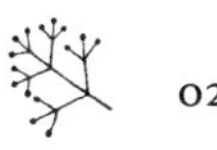

牌子的萬金油，所以我只好買了古早老牌的虎標萬金油作替代品。這種老牌子的萬金油有兩種味道：一種是紅色的，帶有一點肉桂香以及涼爽的香味；另一種白色，是純粹薄荷的香味。兩種萬金油輪替的使用，讓外公的房間除了藥草香之外，還多了一股沁鼻舒爽的薄荷香味。

一直以來，外公都很排斥看西醫，除了他個人對中藥的偏好之外，也因為西藥食用後常有副作用而使他卻步。但身體的病痛，使他愈到晚年愈是不得不經常在家與醫院兩頭跑。每次入院，外公就會像個孩子，吵著要回家，而我們也總要像哄小孩般，安撫他的情緒。去年春天，外公轉到小舅任職的醫院裡安養，因肺功能欠佳，而必須裝上氣切，仰賴呼吸器的氧氣提供。於是我跟媽媽展開南北奔波之旅，每個周末便從家裡出發往北部醫院探視外公，曾幾何時，醫院嗆鼻的藥水味已在不知覺中成了熟悉的味道。

外公進入加護病房急救時，媽媽跟我心急如焚地趕到醫院。受不了醫療儀器終日在他耳邊狂囂的外公，儘管裝著氣切無法言語，他仍皺緊了眉頭，死命的抓著媽媽的手，嘴巴拼命開闔卻無法出聲的苦苦央求我們帶他回家。第一次看見外公這樣焦慮不安的神情，我的心糾結不已，多想替他分擔憂慮，讓他能夠平靜舒緩下來。

一直以來，外公總是睡不好，尤其在午夜夢迴時分，經常呻吟不止。古人有種說法：「半夜是鬼斧神差帶走陽人的時間」。儘管平常燒香拜佛還算虔誠，但面對這種生死關頭的傳言，還是不禁讓人不寒而慄。

難以忘記最後一次見到外公，那時他已不再驚慌，反而帶著過去我們依偎時的慈祥面容，抬起顫巍巍的雙手，不停的撫摸著我的臉，眼神充滿了憐愛之情。淚水悄然滑落，是否外公知曉歸期將至，才會用他最後一點力氣，深切地記住這段祖孫情。

靈堂上，餘香繞樑。外公安詳的躺著，我們為他點香、誦經、祈禱，在漫天焚香中送走了外公，淚水早已潰堤不絕。

「昔人已乘黃鶴去，此地空餘黃鶴樓。黃鶴一去不復返，白雲千載空悠悠。」靈堂撤離後，外公家變得空蕩蕩的，連輕聲說話都覺得回音震耳。臨走前，我再次深呼吸，像是要把這家中的所有氣味都吸進身體裡般的用力，瞬間所有的記憶像狂怒的海嘯般向我襲捲而來，我感到胸腔隱隱作痛。

這二十年來，我用有限的記憶乘載了無限的情感。這個家，傳承了三代之情，延續了一家族的命脈，卻隨著外公的離開，逐漸崩解。而那些在我記憶中屬於這個家的味道——釀製黑豆蔭油的醬油香、煎藥的中藥香、萬金油的薄荷香、線香的焚香，種種熟悉的香味，也全都隨著時間的風，在記憶的曠原上，拂拭而去。

參獎

菸

中文系三年級　陳竑翰

忘了什麼時候學會抽菸，也忘了第一根菸的牌子是什麼，我只記得感覺很嗆、很臭，然後我很高興，因為這是記憶裡的味道。打從我有記憶以來，菸的味道一直不曾消失在我生命之中。爺爺抽菸，爸爸抽菸，一堆朋友抽菸。抽菸，對我而言是讓他們參與我生命的方式。

爺爺抽的不是一般的盒菸，而是抽菸斗。他有五支菸斗，每一支背後都有一段故事可聽。小的時候，總是在中午放學時，一手握著飲料，一手把玩著菸斗。爺爺很寵我，他不准旁人碰他的菸斗，卻放任我把他的菸斗拿來當飛機耍。在我玩耍著菸斗的同時，爺爺總是小心翼翼的提醒我菸斗的重要性，不時穿插著那些菸斗背後可歌可泣的動人故事，或是告訴我這小孫子菸斗該如何抽。他教我如何點燃菸草，如何用壓棒將菸草表面壓平；他也教會我如何塞菸草。爺爺說菸草如果塞得太緊，火就容易熄；塞得太鬆，則是會變成乾燒的情況。他還告訴我，抽菸斗就像是在對待朋友，你一定要有所付出，朋友才會對你有所回饋，抽菸斗也是，一定得先吹口氣進菸斗裡，菸草才會燃燒，這樣才有菸可以吸。漸漸的，抽煙斗的方法我懂了，但是爺爺說的那些教朋友的道理，懵懵懂懂的我，無暇去理會他，直到長大後才慢慢體會那些用一甲子的菸所體悟出來的事情。

爸爸也抽煙，他是一個有原則的人，就連對菸的品牌也有他一定的堅持。他喜歡七星，他喜歡各種濃度的七星。爸爸抽菸有個習慣，他不在人前抽，他抽菸是一個人的，這道理連媽媽都不懂。小時候喜歡問爸爸為什麼要一個人抽菸，他總是笑而不答。長大之後，讀過了蔣勳的孤獨六講，我才了解那並非孤獨，而是更著重在獨處的意義上。人際網絡的空白，讓爸爸一個人抽菸，也唯有這一片空白才能讓他停下來，藉由香菸審視與他一起流動的事物。我也沒有辦法說的更多，因為孤獨本身就是一種不可名狀的狀態，而這也只能從實踐之中透散出孤獨特有的美學價值，以及在波平如鏡的狀態之下回返自身以及反省。就誠如蔣勳所說的「波平如鏡，水不在最安靜的狀況之下，無法反映外面的形象。」許多人喜愛將抽菸與孤獨這樣的動作賦予一個關聯，而抽菸到底是不是一種反省孤獨而不是孤單的動作，我並不清楚，我也不想把抽菸這個行動賦予一種形上學化的價值。我相信爸爸抽菸可以體會那種獨處的美學，又或是空白的美學。他的胸口起伏之間不再只單單是香菸的燃燒而已，更多無以名狀的，是他自己的收穫。

朋友們也抽菸。以前躲在廁所或是圍牆邊偷偷的抽，那時大家口袋裡沒幾個錢，抽不起洋菸，所以總是東湊一個銅板西湊一個銅板的把菸錢湊齊，然後偷偷摸摸的跑去雜貨店買一包長壽菸，你一口我一口的，把那根讓我們幻想是大人的違禁品給燃燒殆盡。那時年少輕狂，血氣方剛，不斷的衝撞教條、法規。菸，成了我們那時叛逆的代表物。現在想想，當初圍成一圈在抽菸，似乎就像是著某種宗教的儀式或是聚會，菸是我們的信仰，就如同佛祖是和尚的依歸一樣。和尚厭倦世俗的紛擾，因而接受了佛法的庇蔭。我們對教條法規感到不滿，卻又無能為力，所以利用菸來當作消極的反抗，長壽菸的嗆辣恰巧的反應在當時的我們身上。現在偶爾與朋友相聚，長壽菸依然是長壽菸，嗆辣依舊，而我們卻柔順了不少。

我也步入爺爺和爸爸的後塵開始抽菸，講得更精確一點，我是開始抽菸的味道。菸草的味道早已深植於記憶深處。我想人都會去依賴某種自己所認可的味道。爺爺抽煙，爸爸抽煙，因此家裡總是會有一股淡淡的菸草香，我不覺得那味道刺鼻，我開始依賴了那菸草香味，那是爺爺跟爸爸帶來的。每當遭逢挫折，或是心情

低落遇到低潮，又或是感到害怕時，爺爺的菸草袋，爸爸的菸盒都是我繼續前進的動力。爺爺曾對我說：「心情不好，找不到人說沒關係，長大之後，你可以把菸當成是你的好朋友，自然就會有人聽你說了。」那時的我，不懂；現在卻一瞬間明白了許多。一盒菸有二十支，每當拆封一次，就會有二十個朋友聽你述說大小事，守口如瓶，對他人半句不提。但是我想我要的不是那二十個朋友，要的是那種令人安心的感覺。抽煙的目的是為了讓我可以繼續前進下去，所以我抽菸不會看牌子，因為我抽的不是菸，而是那記憶中所依賴所習慣的味道。

我把菸視為生命中很重要的一項東西，並非有菸癮，而是它讓許多人事物進入我的生命裡，參與了我所經歷過的大小事。往事並不如煙，卻如菸。每一根菸都有它專屬的故事，每一次換菸就好像換掉某一段記憶般。有時你以為你已經忘記了、不在意了，但當你聞到某些熟悉的味道，它仍然會在你腦海中繚繞。菸，串起了家裡三代的交集，串起了我與他人與自己的聯繫。我依賴它的味道，就像是依賴著爺爺和爸爸一樣。菸草味，對我而言就像是個避風港。那些多變的情緒，生氣、快樂、難過、沮喪、害怕……等等，就如同那些詭譎多變的海濤一樣，我唯有進入這個避風港，我才可以使這艘船安穩的航行下去。於是乎我又拿起了打火機，唰的一聲將菸給點燃了，殷紅的火花與黑夜成對比，我不是害怕難過，也並非生氣或是快樂，我只是想在這夜裡，在這一吸一吐之間，找尋一份安心的感覺，一份屬於記憶裡才會有的安心的感覺。

佳作

妳的重量

比較系一年級　陳鈺玟

一個人的時候，我常在想有關於靈魂的事情。曾經聽說靈魂是有重量的，我本身對此深信不疑，卻也同時提出質疑。

我一直是依賴性很強的一個人，這大概源自於單親的關係，所以奶奶在我心中佔了很大的一部分，有時候我甚至懷疑，我小小的心靈是否無法裝進其他的東西就已被填滿了。如果說一個人的靈魂有大小，我猜想，我大概是很微不足道的吧，竟可以如此簡單的就感到滿足的無法呼吸。出生時，第一個將我抱在懷裡哄的人是她，第一個教導我走路與綁鞋帶的人也是她，許許多多的第一次體驗與關懷，都是她無悔的付出，教我怎能不愛她？對奶奶如此澎湃的愛意，常使我有種窒息感，十分擔憂在如此洶湧的浪潮中會有跌到谷底深幽的一天。

但那天終究是要來臨的，十一歲那年春天，奶奶被醫生宣判了死刑，是子宮頸癌末期，眾人在悲傷之餘，也只能默默的祈禱奇蹟發生，即便那份希望微乎其微。

同年的夏天，她走了。奶奶過世的那段期間，我始終能夠感覺到她的呼吸，無論是吃飯睡覺，我總還能聽見細微的她的聲音。她一直在我身旁，我是這麼認為的。奶奶是個節儉的人，對於吃穿總不特別要求，這樣的她，會在逛市場的時候替我買雙新鞋，或是在吃慣了的小店帶回一份軟彈入口的肉圓給還在賴床的我，縱使那常是需要排隊久候的。奶奶走了之後，我試圖再去找回她的蹤跡，於是我一個人吃著豆腐乳與鹹魚，配上一碗微溫的粥，試著想像她正在我的面前，一口一口地吃著，和我一起。這是我們最常在午餐時候吃的料理，簡單，卻很有滋味。我緩慢的扒著手裡的粥，在嘴裡細細咀嚼著，那本該令人唾液分泌的鹹魚，卻怎麼樣也嚐不出個滋味。

我開始感到恐懼，恐懼這樣食之無味的自己，也恐懼面對她已不在人世的事實。她走後，身旁那些看來道貌岸然的長輩們口裡談著的，不外乎就是財產的分配以及照顧我的責任。我深深知曉自己是長輩口中的累贅，也並不全然是忙碌的關係使得他們無力照顧，而是他們關心的只有利益與自身的方便罷了。爸爸長年在大陸工作，事業正剛起步，沒有人願意為了一個孩子讓步，只得讓我一個人住在碩大的透天厝中，日夜承受那份親人已逝的哀愁與恐慌。

我天真的以為，奶奶並不會這麼的狠心丟下我一個人在家，於是我會故意睡在一樓的沙發上，期待在入睡後有人會替我蓋上溫暖的棉被，摸摸我的頭說：「怎麼又在沙發上睡著了呢？」我也會一個人窩在床上，在奶奶習慣睡的那個位置，想要捕捉一點她的餘溫。起初，我還能感受到她身上淡淡的香皂味道與肌膚的溫暖，只是，不知何時開始，這樣的感覺漸漸少了，少到令我害怕將會再一次失去她。我開始失眠，在夜裡獨自啜泣，偶爾，我強迫自己入睡，希望在睡夢中與她相見，好讓我能有個機會當面問問她要去哪，但，直到多年後的現在，這件事情始終沒有個底，也沒有個答案。

她的重量一直被我收藏在上衣口袋的某個角落，有時候會忍不住的掏出來，放在手上把玩，掂掂重量與仔細端詳她的樣貌是我最喜歡做的休閒活動，我一直都很珍惜。但也許時間的洪流具有腐蝕的成分，奶奶那和藹帶笑的臉龐漸漸的起了霧氣，眼角那些密密麻麻的笑紋也像是畢卡索的畫風般變得抽象不已。她的皮膚一直很白皙，也沒有一般老年人佈滿雙手雙頰的斑點，那樣美好而純潔的她，現在卻蠟黃混濁，像是徹夜燃燒的蠟燭，熔得看不清原形。

記憶也許是靈魂的具現化，一份具有厚度的靈魂重量會同等的轉換為同質量的回憶，時常在生活中產生化學作用，有時生成物為淚水，有時又蒸發為笑氣，逗的人不自覺的揚起嘴角。說來奇怪，記憶可真是十分懸疑，可以很抽象，有時卻又化為龐然大物擋在面前，緊迫盯人。無論我是否同意，她似乎都是被帶走了吧。被誰帶走了？我實在不能確定。也許她的靈魂已經變的沒有重量了吧，不僅輕得讓我捉摸不定，也沒有辦法再清楚的拼湊起來，於是，記憶因為不完全反應而出現了斷層與乾巴巴的沉澱物，毫無價值可言。

記憶這東西就像把螺絲釘，可以很牢靠的釘緊在人的腦門上，卻也不得不承受人生歷練的洗禮。久而久之，那原先緊密的小螺絲氧化了，生鏽了，記憶便一輩子也跑不出來，就這樣至老至死，不被人發現，多麼可悲。

有些記憶我們是樂於與他人分享的，所以那顆記憶的螺絲永遠不會被鎖死，經常的會被扭開，使人得以打開腦中那扇門把一探究竟，於是乎，那些美妙的傢伙便能趁機奪門而出，跑進他人的家門裡，悄悄的棲息於他處。但，虛榮心的突發性膨脹也可能使得過往的實情被加油添醋而產生扭曲，於是真相便再也不為人知。

不過，最可憐的是還是那些不為人提起的記憶，只能在小小的門內任由時間發酵出酸，某年某日想起，打開那年久失修的門把，迎面而來的是又臭又腥的陳腐與嗆鼻。燻人的酸臭記憶並不會因為難得的破門而出而變的較為溫和，有的只是停不住的淚水與回不了的過去。

改變就是這樣子的吧，悄聲無息的在周邊推移著，等到人們發現了的時候，才後悔萬分的流著眼淚，可是那些已經失去的美好，卻怎麼樣也不可能再次擁有了。有時候我會作夢，夢到小時後的我，一個又黑又醜的女孩，被排擠被欺負。我其實是沒有什麼自信的，單親的陰影有時會像一抹高大的牆，在不知不覺間堆砌得很高，等到長大了，自以為成長的歷練足夠我跨越了，才發現只是個奇異的想像，過不去的，終究不要強求。我的靈魂默許我在自卑中逐漸萎縮，皺摺一層又一層的將我淹沒在上了色的保護殼裡，越纏越緊。

有時候，我也會幻想自己的靈魂有多少重量，是否足夠在我死後還保有許多回憶，會分散在四周，在我所愛的人心裡。這種問題其實並沒有辦法驗證，無論我做了多少要求，都無法讓大家發誓會將我永遠存放在心裡。那，什麼樣的人才有可能使世人永久留戀？是地位崇高的，有權有勢的，亦或是長相十分美麗的？也許都不然。蘇格拉底曾經砍倒一棵樹之後問：「現在這棵樹還存在嗎？」，這句話使我深思了許久。也許大部分的人會覺得，樹已經倒了，也不在原先的位置，所以答案理

所當然的是不存在了，但曾經具體呈現的樹在倒了以後還會長久的活在乘過涼、遮過雨的人心裡，無論過了多久，在路經此處之時都還會輕輕的嘆息道：「這裡曾有棵樹呢。」，便是存在的，這便是靈魂的重量，是樹的無私給了它永久留存的記憶的力量。

一般群眾也許並不會去記得與自己不相干的人，但是我會，而且樂於如此。我現在依舊可以清晰的記住家裡附近那對拾破爛的老夫婦，蒼白無生氣的臉龐與瞇起的，毫無生氣的眼。他們乾瘦的軀體時常與那台斑駁鏽蝕的三輪車交纏在一起，兩人吃力的踩著踏板，滿載著一車子的壓迫在回家的路上，儘管那路，並不平坦。為什麼那段印象能夠這麼清楚的刻畫在我的腦子裡，像塊寫實派雕刻家的作品，我始終不得解。也許是因為我與奶奶也曾經一起沿路撿著空罐，拖著大大的塑膠袋步行在小街小巷，也或許是童年說好要照顧奶奶一輩子的約定，讓我面對這對孤苦無依的老夫妻有了哀愁與淚水，於是就這樣的，交織成了一幅忘也忘不了的版畫。而老人的靈魂，也將無止盡的跟隨著我，至未來的某日某月，也許這一生。

人們都喜歡偽裝，假裝自己很完美，過得很好很快樂，但是實際上是如何，恐怕只有自己面對自己的時候才能知道。也許，我並不會在死後被人們廣泛流傳或者記憶，但我的重量是不是能夠有點影響？我這顆曾經輕輕轉動的齒輪，是不是有幫助世界繼續轉動的力量？恐怕也是無解。但是我總如此希望。

我很喜歡坐在咖啡廳裡看著外面的世界，尤其是在下雨天。看著窗外的車水馬龍，步履匆忙的行人，相依相偎的情侶以及——遭人忽視的某一群人。路邊時常可以看見渾身發臭，污垢滿面的街友們，負著一袋沉重，失神的斜倚在牆角。他們身上所散發的酸臭將蠻橫二字演繹得十分貼切，不分青紅皂白的便鑽入路過人的鼻腔，薰得每個人都皺起眉頭，加快步伐走過。那種嫌惡的神情，總會讓我快速的縮小，小到彷彿又回到了那個黑黑醜醜的軀體裡，而那像是看見了怪獸一般的神情，是衝著我發出的訊息。對我來說，悲慘的回憶總是鮮明的像是當下，而令人歡愉的記憶，只是曇花一現的冬日太陽，暖和，卻仍舊驅趕不走刺骨的嚴寒。

說也奇怪，人類雖為萬物之首，那些該有的不該有的情緒卻總是會在人生的路上給予阻礙，某部分看似先進的發明，也驅使人們的惰性增生，許多行為比低等動物更加令人嗤之以鼻。我們喜歡在嘲諷他人裡獲得滿足，使渺小的自己在無形中增生了一股莫名的力量，好讓我們能夠昂起頭來，繼續向前邁步而去。而這不過，只是一種惹人發笑的信仰罷了。

我會在想念特別濃厚的時候去看奶奶，在那個佈滿灰黑色工廠廢棄的公園，蹲在窄小的空間裡，吸著滿室灰塵與腐蝕氣管的不知名的腥臭，煞有其事的合起我的雙手，緊閉著眼，詭異的祈求著能與死去的她溝通，請她賜予我一點平靜的力量，可惜事情總不那麼如人所願，什麼感覺都沒有，只有滿屋的空虛。曾經，妳就坐在離我咫尺的地方，輕柔的哼著台語老歌，輕搖著嬰兒床伴我入眠，那曲思想起的旋律縈繞在耳邊，一唱便是永恆。

或許不常去看她的我，只憑幾次造訪就想得到回報是有點太過虛榮，但心裡總不免有些失落。櫃子上貼的她的照片早已經泛黃，邊角也像是被蟲子啃咬一般，有著剝蝕與翻起的痕跡。她去哪裡了？在熊熊火焰的包圍下變成了一把漆黑的沙子了嗎？而她的靈魂，也在高溫的折騰下化得不見蹤影了嗎？曾經那份快要迸裂的對她的愛，在無形之中產生變化了嗎？亦或是我太常思念她的緣故，她的靈魂被我反覆的抽取，所以變得又薄又輕了嗎？

她剛過世的時候，我還小，還是那個又黑又醜的小女孩。我只會哭，在沒有人看見的田間河堤氣憤的踢著沙石，一把鼻涕一把眼淚的咒罵著丟下我一個人遠走的她，卻再也找不回我和她一起居住的家。記憶都四分五裂了，隨著她的離去，那些曾經快樂的日子也只像是場美夢，取而代之的是醒不來的夢魘。

冥神黑帝斯總是在我的夢裡張牙舞爪，撒野得累了，甚至還會換上夢魔佛萊迪來邀請我一起晚餐，邀請我進入他位於艾姆街的家中，替我套上鍊鎖，囚禁在他被火燒過的家中角落。我總不掙扎，因為我知道那並沒有太大的實質作用。即使我不願意，旁人也總會為我的回憶加入註解，就像是佛萊迪的爪子一樣，在我胸口抓出深淺不一的粉紅色傷口。也許記憶是沒有選擇權的，我並不能夠點選刪去某部分我所厭惡的自己與世界，所以在遭遇挫折時會感到悲傷，在回想時甚至羞愧，那些社會的爪子造成的傷口會結痂，但不一定掉落，於是便一直沾附在身上。那些開心的，值得回憶的曾經，卻因為佈滿過多糖霜，招來大批蟲蟻啃食，久了，便會殘缺不全。

我以為，奶奶的靈魂疊在我的靈魂上了，所以我會背負著她的重量直到我死去。可是，那份重量隨著年紀的增長逐漸的減輕了，增加的反而是那些刺刺癢癢的傷痕與擾人的碎語。她又瘦了嗎？還是她跑到別人的靈魂裡了？無論如何，我都摸不清她的來去。在我極需要她的時候，她像是一道涓流，輕輕的從指間滴答而去；在我強忍住情緒時，她又像根羽毛，無聲無息的飄在空中，搔得我將淚水夾雜鼻水

一併傾瀉而出。

今天的天空是灰白的，飄著一點細碎的雨滴，窗外行人踏著水窪快步而過，濺起了滿地淤泥，也攪翻了我的平靜。我依舊坐在這裡，沒有答案，背負著愈來愈輕的重量，無聲的嘆息。我相信妳是有重量的，卻也質疑，惟有天空的雨，相信是暫時沒有停歇的打算，而我也將被困在這裡，等待著這場不知何時放晴的雨季過去。

佳作

老馬

中文系三年級　林鴻瑞

心臟蹦蹦地掉出並且落入了眼前懸崖，我自然無心嗚呼墜下撿拾。漩渦狀的回憶冷不防突襲腦袋，原來是歡迎我回到既熟悉又不熟悉的入口大門。彷彿那年夏天的草還青得很，要是時光倒轉……，但一眨眼已是兩年歲月。無奈的鈔票愈數愈少，年紀卻愈數愈多，人生故事變得精采，精采又變得無聊。敞開的大門，歡迎光臨，我來到故事永遠說不盡的文學天堂。

在會起霧的深山中。就像是在一切不可能的虛幻。

但霧終會散，現實終歸現實：即便文學的閱讀終了也仍得回到人生。我非朝聖，但步步的向上，卻帶著崇敬之心，畢竟此處曾孕育我。那該死的心臟早已墜入懸崖深處再深處，卻—仍—顫—慄——。過往熟悉自如的山路，如今像困在無人沙漠，每一個步伐彷彿就是要把自己沉得愈來愈沉。步步步步步後，我到了里程碑，是什麼都好其實是什麼也無所謂：老人院一間。

獨佔山林最幽美的老人們，身在福中亦不知福，身在不幸更不知不幸。我來了，你們是否還深記我？算了，迎接來的一陣躁動，至少你們安好。嘶嗚，是美麗而溫暖的午安。我深深吸了一口氣，勇敢地走進了那棟堅固豪華且破舊不堪建築物，就像走進時光隧道。曾經，我們擁有最佳的互動，我陪你們開心但你們更令我幸福。我已多久沒來這兒了？姑且不談其實也不好算計，當我有幸以私闖的姿態再次踏入是我作夢永未及。

身體分泌的液體總表現「狀態」，就像興奮時精液美妙地在那最永恆的時間點洶湧情感般地流露一樣。但一路過來分泌的是從大門口懸崖旁擦去的意味駭怕的冷汗，又在走完山路後擦去意味勞累的熱汗，以及現在接著又分泌的體液是情不禁的我的男兒淚，就在我遇見了其中一位叫作「辛普森」的老人之後。

回來純粹為了見他，當然包含了其他人。我試圖克制自己的情緒，然後安靜地站在他的房前凝望他。他亦回眸。我於是自我感覺美好地認定他一定是想起了許許多多的過往，但或許他從來一點也不記得我乃至於討厭我。

嘶嗚。

有點兒蜘蛛網，有點兒破舊，以及滿滿老人味，說是老人院無庸置疑。但我必須承認我說了謊，根本不是老人院，而是身心障礙療養院。從來我也沒有想過我會啞巴，當然至今我有幸我還能講話更能唱陳奕迅的〈好久不見〉給辛普森聽，但更令我意想不到的是——我從來也沒有想過我會與一群啞巴交朋友，而且親密。毋須國語臺語，語言頓時成了龐然廢物：接著又是一陣嘶鳴……

辛普森瘦了，而且濃濃的蒼老味四處飄散。我有點兒難過，哪天辛普森也會像阿嬤一樣離開我，世界於是終究會再度翻轉崩潰。這座山中傳奇，畢竟怒放太多閃耀的回憶與淚光。儘管非用餐時間，我仍決定準備食物給辛普森獨享，這當然引起了所有啞巴兄弟們的騷動，但我也無可奈何我的偏心。不，我無偏心，我底心早已在故事的開始便落入那深淵。看見美食的辛普森頓時充滿了活力，像當初我第一次遇見他一樣。高大而壯碩，意氣風發……

是我們總是有的第一次。

其實我從來不後悔這段艱辛的服務歷程，每日在深山不知日中，卻不是封閉自我更是看得更高更遠。每日麻痺的老人味皆在這間看似外貌不怎麼樣的建築中，然而卻也負起了生命的意義：生、老、病、死，無一缺席。我可以簡單地說：人生的縮影即在此。辛普森依舊大口大口狼狽地吃，一點也不優雅，還把美食弄得「俯拾皆是」。

服務的意義是什麼？或者服務的感動是什麼？甚至是服務的成長改變蛻變大變是什麼……對於這些啞巴兄弟而言，他們一句感恩的「謝謝」也說不出來，甚至，他們的弱智可能根本不知道所謂「恩惠」，徒留下服務者內心的洶濤幻想與自我感覺。所以，我必須承認這當然不是老人院，也當然不是身心障礙療養院，我在說謊，而正解是：一座文學天堂。

飽了肚的老辛卻不比過往，我摸摸他的肚子，突然那層老人皮令我回憶起已過往的阿嬤。但這還不是獨家享受，房裡有點兒灰塵想必他也不好受吧？於是我到工具間拿起掃地工具整理起他骯髒發臭的房間，今日他是貴賓擁有一切的特權。當然，我亦是貴賓，儘管私闖但絕對是此處的最佳貴賓。整理完後，擦了擦汗，他媽的老辛以及永遠說不出口的「謝謝」，突然使我又好氣又好笑。我決定捏辛普森的臉作為懲罰，但老辛卻恣意地在地上打滾起來了。他們從不說謝謝，卻會在我們每一次將房間整理得乾乾淨淨後狂野地打滾。他們從不說謝謝，卻會在看到我們準備好美食後興奮地嘶吼。難道，我們沒有在溝通？難道他們又只是永遠的啞巴與弱智？

他們有情感。他們愛護他們的家人老公老婆小孩以及厝邊隔壁，當然難免偶爾發情，但我總認為他們更愛我們這群服務「天使」（自以為是地說自己是天使，只是為了符合文學「天堂」場景中可能出現之角色扮演）。這是安靜的時光，偶爾斷嗚，說實在的我從來不知斷嗚之意義，以語言學立場那只是純粹的發聲行為，完全無能達成溝通合作。但兩年的合作，斷嗚已顛覆了學術想像。又或者，只是文學天堂的純屬虛構。但若只像夢境一般，又何以有刻骨銘心的記憶烙印於心？於是，我必須發誓：故事完──全──屬──實──

打滾過後，我才發現辛普森也該洗澡了。上一次幫老辛洗澡是多麼多麼又多麼久以前我並不記得，但我總知道老辛最最又最愛洗澡了。趁著洗澡時玩水是難得的貪閒，亦是所謂「難得糊塗」。洗去老辛一身的骯髒，仔細打量著他，以及他那迷人的水汪汪眼色。其實他還是像往常一樣，或者他永遠都會是我好久以前與他相處的那個樣子。太深刻，用盡力洗也洗不清的回憶，已緊緊連結著彼此。我必須承認，在這樣的天堂，是我這一生中的感動。最後我的心臟又回到了原來的位置。我已不再恐懼，徒留歡樂與愛。

「吼——」聽你的聲音，顯然你亦像我一樣激動了。答應我一輩子愛我，好馬？

佳作

海葵與小丑魚

中文系二年級　魯欣萍

PPS閃爍著一幕幕驚心動魄的生離死別，我與K在螢幕外同時以五月花祭奠滾滾而出的淚水，此時此刻，天地早已不是天地，空間扭曲成深不見底的黑洞，拉扯我們通往更深的悲傷地帶。

只有M。對於我們排山倒海般的痛哭流涕視若無睹，默默收拾堆疊得快看不見對方的五月花山，再慢慢從櫥櫃中拿出新的補充包替換上，等待我和K下一次的紙山傳奇，輪迴在收拾與補充的旋轉電梯中。

沒有人能真正懂一個人。

我們不是他，他不是他們，他們不是我們，我不是他。你說你懂我的悲傷，你懂得也不過就是那十分之一從臉頰滑落的淚痕；十分之二散落在血脈脂肪間；最後剩下的十分之三，裝載在心坎裡，所以常言道：語重心長。

M最常對我說：「你真的很、濫、情。」

我斜睨M一眼，卻說不出任何反駁的話。濫情就濫情吧，反正我就是愛哭，就是一個總是梨花帶淚的可憐蟲，可笑的，悲傷。

哭沒辦法解決任何問題。每個人在安慰每個人的時候，總是千篇一律制式化的說詞，機械式運轉在每個人的悲傷中樞神經，如果是這樣，上帝為什麼要賦予人哭的權利呢？

遇見J之後，我的眼淚就真的再也沒辦法全裝在心坎裡了。

「要想成為強者，就必須捨棄哭的權利。」這是J的至理名言。國中同學兼暗戀對象的死黨，J與我的關係很微妙，他說我是小蝦米，他的死黨是大鯨魚，這種對抗不成立的絕對，更加不可能升級成等值的相對。

此後，只要我出現的地方，總會看到J的身影。他喜歡捉弄我，扯辮子掀裙子偷作業搶便當，只要能逗（他單方面認為是逗）得我幾出幾顆眼淚，證明他可以成為一個真正的強者，他很願意在我面前賣弄荒唐的強勢。我常想：J不是想成為強者，他只是想在他人的眼淚裡找回以往的自信。我滋養著他的依賴，他依賴著我的脆弱，脆弱化成一朵朵堅毅的花蕊，盛放在他得意的自信中。

也許，我們更像小丑魚與海葵，不能沒有彼此的存在。

那年是國二，少年少女以叛逆適應這青黃不接的時期，好像不需要懂什麼，又需要懂得些什麼；好像沒有什麼憂愁，又常常在很多的關係中迷網墜跌。

我接到一通電話。電話那頭的聲音，跟J很像。

「讓妳猜我是誰阿。」嗓音聽來低沉帶啞。結果我說：你是J嗎？你是J嗎？是J嗎？真的是你嗎？

「恩，我是。」電話那頭的聲音越發低沉瑣碎，我幾乎不能從聲音辨認出他是不是J了。小時候常常聽大人說一個名詞：詐騙集團。一瞬間，我幾乎要放棄相信電話那端的真實選擇掛斷。

「我很想你，真的。」感謝J的想念。我的心臟在那時早就已經蹦蹦跳跳地滑過電話線到達彼端，跳得我的耳朵都出聲抗議了。

更感謝媽的及時出現。我對著電話說了我也很想你我們晚上再聊好不好之類的，便匆匆掛上電話。秘密還是需要小心呵護的，對於我來說，J的告白，就像盛放的曇花，很美很美。

J聽完我的故事之後笑得人仰馬翻，還說我一隻小蝦米也敢肖想大鯨魚的死黨，如果是真的是J，說話用得著這麼避重就輕的嗎？

果然，那真的只是曇花，還是山寨版的偽曇花。

鳳凰花盛放的六月天，我和J國中三年的同儕情誼隨著悠揚驪歌驟然畫下休止符。

「我常常這樣捉弄你，真的……對不起。」J拿出一本小簿子，素面粉色作底，中間以水墨勾勒出一幅濃淡適切的貓竹圖，原來J知道我喜歡什麼啊！然後他將簿子慎重其事地交給我，再將一把小鑰匙輕放在貓竹圖的正中央。「畢業之後才准看，就這樣，再見。」J快步離去，留下愕然不知所措的我與一絲絲方才J緊握鑰匙的餘溫。

望著J的背影，我突然覺得，他的再見，遠得像是握不住的空氣，我轉身，空氣仍然存在，卻怎麼也感受不到實體的溫存。

眼淚是泡沫的一部分，所以美人魚留下了眼淚，卻留不住眼淚的永恆。

我並沒有遵守約定。人生中有無數次的背信，不差這一兩次善意的背棄。

等我氣喘吁吁跑到J家門前，J的臉被放了數倍大填充進木質框架中，一旁的父母手足以至叔伯姨姑神情哀戚，而我，像是瞬間沒了魂魄的軀殼，飄進無邊無際的混沌裡，J不再吵鬧，不再同我鬥嘴，他安靜了。長久以來我最希望的寧靜，J

終於成了我的願望。

小簿子的第一頁，J歪斜飄蕩的字跡寫著：不是永遠消失，看看鏡子，我就在這裡，只許在我面前哭，聽懂沒？

這是屬於J的日記本。K說我大概是從那時候開始變脆弱的。

好一陣子，我就只看著小小的梳妝鏡，發呆、傻笑，然後大哭。

我們從來就不是一對戀人，卻更像一對Soulmate。

小丑魚沒了海葵的保護，只能攀附在那僅剩的枯枝上，對著洶湧未知的海域苦笑；海葵的根嵌入岩塊中，也許，這才是真正的，落葉歸根。

時間真他媽的是金創藥。不管再悲傷再無助再怎麼瀕臨崩潰的重傷，都能有近乎百分之九十的療癒效果，我重拾散落一地的愛，在家人、朋友、戀人之間盤旋；可以很誇張很瘋狂地大哭大笑，然後在闃靜的夜靜靜舔食大哭大笑後裂開地舊傷；又或者帶著這些縫合起來的愛到日月潭，讓日出溫暖愛與愛之間的小縫隙。

真他媽的。鏡子裡跟本就沒有J嘛。連說個謊都要強詞奪理。

翻了幾年J送我的小簿子，裡頭零零總總記錄著J的起起落落，以及，我的存在。

二〇〇五年十二月二十四日，天氣陰冷。雨下得有點大，卻還沒下進這所學校，我騙L說外面絕對不會下雨，拉著她硬是跑到頂樓吹冷風。L今天穿得可暖了，制服裡不知道塞了幾件三層棉衛生衣，連外套都罩了兩件：一件風衣、一件咱們學校重看不重用的制服外套。

我說天氣好冷，L自己穿這麼多好不講義氣。今天沒怎麼想捉弄L，只是想看看在我只穿一件薄襯衫來到頂樓的情況下，L會怎麼做。

結果她罵了我一句「神經病」，就自顧自地下樓倒茶水去了。

馬的，外面下雨了，我卻還站在距離樓梯五十公尺遠的陽台旁；還好，L沒淋溼，不然又以為我捉弄她了。

二〇〇六年五月三十一日，天氣悶熱有雨。應該把簿子交給L了，不知道她準備好了沒有……那我……準備好了嗎？

最後一頁，只留下這短短幾行字，J的字變得有些笨重，原子筆用力刻寫的痕跡複印了好幾張紙，封底畫了我最愛的貓竹圖，貓竹的眼睛恰似J不知所措的驚惶，卻也透露出一股勇於面對一切的堅毅。

K拿起簿子左敲右敲，我沒有用鑰匙打開簿子，我跟K、M有著彼此的秘密，就如同小丑魚與海葵的秘密：事有不可對人言。

「欸，妳這裡面好像有東西喔。」K指著簿子底部，我感覺不到那裡有甚麼奇怪的，不就是一個封底而已嘛。

「等妳自己打開拉，我跟M要看下一部影片了，濫情小少女。」M用意義不明的眼神望向我，拉著K再度栽進PPS的世界中。

最後一頁，J言語未盡的最後幾行字，突然變得巨大無比，連同一旁的貓竹圖，詭異地包圍住一個還未解的謎。貓熊的眼睛……那雙眼神的背後，似乎黏住了甚麼。

二〇〇六年五月三十一日，最後的秘密，下輩子，我還要當海葵，我的根可還紮在土裡，就算死了，還是會再生的。

那……妳願意跟我一起成為海葵嗎？

外頭疏疏落落響起雨的聲音，一滴、兩滴，逐漸匯聚成一整片滂沱。

弔唁

中文系三年級　梁喬伊

有個女孩死了，在她二十歲的時候。

其實原本只是閒話家常而已。媽媽打給我，問我山裡的天氣如何，她說寒流一來，彰化的天氣就凍得教人受不了，整個晚上打從烘腳機一開就沒停歇過。我想東北季風大概又像用指甲刮擦黑板一樣颳得整塊平原都叫人寒毛直豎。總之我肩膀夾著手機，手邊處理著期末的報告資料，嘴裡隨意的應著：「埔里都是山圍著，沒有風啦。」腦子裡盡是毫無邏輯關係的聯想，純粹讓那在彰化颳起的大風在我腦子裡呼呼作響。

不過，媽媽像是話鋒一轉：「那個住在村頭、姓林的，是不是跟你同學啊？」

「誰啊？」大概是分心講電話，手上的資料像是被我腦中那陣風吹過，越整理越亂。

「就是他們家也是五個女兒的那個啊。她姊姊也跟阿茜同學的那個。」

我想起來了，是昨天在FB上發起串連祈福的主角M，聽說騎機車回家時出了車禍，送進了醫院急診還沒醒來。「嗯，她怎麼了？」

「聽阿嬤說今天早上好像回去了。」媽媽操著台語，用著剛才說「寒流來了，天氣凍得教人受不了」的口氣跟我說。

我放下手邊正在整理的資料，改用手拿著原本用肩膀夾在耳上的手機，嘴巴吐出的話語像跳針：「回去？」我腦中瞬間閃過「回去」在老一輩使用的語言觀念裡代表的意義，可是一方面又想樂觀的說：噢，媽，你是說她在醫院醒了，回家去了嗎？

顯然我是知道「回去」在我媽的語言觀念裡應該代表的意義，卻又不想輕易地承認。因為連最直接的問句都問不出口，只好不斷重複著：「回去？回去？」

媽媽沒有發現我的異狀，自顧自地向我投下震撼彈：「對啊，聽說整個人瘦巴巴的，才三十幾公斤而已，跟車子一撞整個人都飛了出去。那就是無眠啦，說是好幾天沒睡，熬夜忙著做什麼佈置。回家前還打電話跟她媽說她很累，叫她媽燉個補品要好好給她補一下啦。哪知道噢，發生這種事，唉，可憐啦。後來送到醫院好像是腦死吧，救不回來了。她媽喔，是哭得……」

媽媽用著像是「說別人家事情」的口氣巴拉巴拉地講了一大串——那確實是別人家的事情——我的理智冷靜地告訴我。而另一個我猶在那些句子裡逐一地確認「回去」的意思，等到心裡的疑問都得到確認，我並沒有得到解答後的豁然開朗，反倒是握著手機的手指顫抖了起來。

「……告別式是哪時候？」聲音乾的像是喉嚨裡的水份都蒸發掉了一樣。媽媽這時才覺得事有蹊蹺般問：「不知道耶。你要去喔？」

我胡亂地點了頭，忘了這是電話，看不到動作的。勉強從喉嚨擠出聲音應聲：「嗯。」

「再幫你問問啦。」

結束通話鍵。我感覺到，寒流從我的指尖悄悄蔓延開來。

＊＊＊

媽媽說，去弔唁的時候別進到屋子裡去，在外面拜一拜就好。姊姊要生了，別進去看棺木，怕煞東煞西的。

媽媽說奶奶要陪我去，可是長輩不宜祭拜晚輩，說奠儀交給我拿著。中午等待奶奶來電，正在苦惱著家裡電腦真爛，開個 word 寫作業也當機時，手機響了，嫁

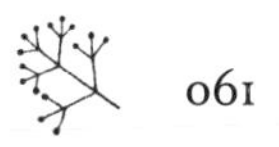

出的姊姊打電話給我。她叮嚀：去之前記得拔一些抹草放在口袋，回家時半路將它掏出來丟掉。喪家的回禮是毛巾，裝毛巾的袋子記得丟掉，毛巾拿回家不要帶上樓去，在樓下洗一洗，太陽曬過後才能用。

最後，你知道的——不要說再見。

＊＊＊

村子裡有一間公道伯柑仔店，是赤著腳跟在姊姊屁股後面、流著一把鼻涕跑來跑去的小時候，常和姊姊跑去的雜貨店。店裡賣冰棒、汽水、餅乾還有一罐罐彩色的金柑糖。金柑糖總是讓我想到黏膩的夏天，手指揩過甜蜜的糖粒，融了之後沾黏在手上又到處拈沙附土而搞得整隻小手都烏黑的，還有衣服。店外有一棵濃密的大榕樹，樹下有長椅。奶奶坐在長椅上，戴著她可愛的寬簷帽，微微瞇著眼看我停好機車走近，一旁停著她平日在村裡來去的紫色淑女腳踏車。

奶奶坐著稍稍仰著頭看我，瞇著眼究竟是看見我而瞇瞇笑還是其他——也許是我背後的陽光有點刺眼。說也奇怪，上禮拜寒流才來，一回彰化太陽卻熱得教人融化。

覺得也不過一陣子沒見，奶奶彷彿又縮得更小了。她微笑著看我，問我吃過中飯了沒。

我搖搖頭，她從長椅上站了起來，嘴裡喃喃地說了一些話，我沒聽清楚。

然後她便帶著我、踩著小步，緩緩地走在去M家的路上。

＊＊＊

奶奶給我抹抹草水。

奶奶在三合院的門口拔了一株抹草，叫我在外面待著。

然後她進去屋子裡捧來一盆水，用有鴛鴦貼紙的大紅塑膠臉盆裝著，將抹草放在水裡面攪了攪。

「洗洗手，」她指著地上那盆水「用這水洗洗。」

我依言照做。

「臉也抹兩下。」

我雖有點遲疑，但不超過一秒便用沾濕的手在臉上胡亂抹兩下。

「噢，腳。」因為穿著平底鞋露出了裸露的腳背，奶奶自己掬了點水，抹在我腳背上。

「好了。」

像是完成了什麼儀式。奶奶捧起臉盆，對我催促道：「進去進去，我下些麵線給你吃。」

奶奶在廚房裡張羅的期間，我在三合院的屋子裡亂轉。小時候遊戲的長廊走道，對現在的我來說竟只剩短短一節；只抬個頭，就覺得要碰到天。屋後那幾間廢棄不睡的房，要不床板坍毀要不塌了根樑，荒涼蕭索，烏暗而又生灰。

經過父親病時躺的那間房。爺爺過世後，現在三合院裡只住奶奶一人了，各個房間沒有人睡。因為就在客廳旁，臨近地當了奶奶的貯藏室。如果尚要尊稱它是一間「房間」的話，起先我對它的印象是媽媽新婚時倚在這床上拍的那張老照片，當時這是爸媽的新房，但要說這房和父母親度過多少日子，我年歲尚懵懂只能略而不談，後來爸媽北上打拼，把孩子們託寄給爺爺奶奶扶養了一段日子，回鄉之後在自己的土地上蓋了房子，準備要好好落葉歸根……最後的印象落在梳妝台上瓶瓶罐罐的營養食品，父親的殘喘。

來到後門旁的倉庫。小時候仰望的屋樑，以前有個梯子架在深處，我總想爬上去看看，姊姊說上頭有老鼠。可我又會怕，因此總在爬與不爬之間折騰地仰望。原來我打從小時候便是如此膽怯及三心二意。

這樣的膽怯其來有自。一直到我在村裡上小學的時候，都尚被這要命的安全感左右。對這世界怕東怕西的，對人群也是緊張兮兮。像是騎腳踏車，在人煙稀少的村裡還好，要是上路到附近車水馬龍的鎮上，幼小的我即使跟在姊姊的腳踏車後，對著身邊一輛輛呼嘯而過的汽機車，內心總是惴惴不安。就連一直到上大學之後才學會搭火車，竟認為這是個人成長史裡可喜可賀之事。說起來竟有這麼遠了。人生識字憂患始，一併和憂患作為起點的就是這小學。只是村子裡很小的小學，一個年級只有一班，少子化在偏遠的窮鄉僻壤裡發酵得特別明顯，上次回去探望師長時，一班僅剩六七個學生，外籍家庭比例也很高。扯得有些遠，不過這樣小巧玲瓏的小學校對村裡每個這年紀的年輕人都佔據了很重要的地位——讓一個孩子長大的地方，沒有人敢說是不重要的。

騎機車在村子裡繞一圈，村子太小了沒幾分鐘就能繞完。這是生我養我的原鄉，村裡人口無法阻止的老年化，到哪都可以看見可愛的老人，他們大多是農人，頂著大太陽騎著機車來來回回地巡田水。村裡的社區營造做得十分成功，一些造景在尋常農村裡是少見的，像是竹製的草地學堂、綠色隧道等。村裡有個社區蓋的槌球場，我和妹妹曾跟著爺爺到槌球場去，躲在一旁看著那些老人們打槌球，不過因為覺得無聊，結果和妹妹在一旁玩起了槌球場上的沙土。偶爾，那些老人看妹妹可愛會到附近雜貨店給我們買顆糖，像是色彩斑斕的金柑糖。

童年的印記存留在村子裡各個角落，對於每個背井離鄉的遊子來說，回顧家鄉的眼光都參雜了份複雜的情感。只是每當你意識到你是個遊子時，你就已經殘忍的與你的記憶、與你的家鄉分割了，連眼光都由內而外一分為二。

再怎麼膽怯如今已經長成了亭亭二十歲。長大，然後開始在離家與返家中擺渡。二十年以來得先扣除牙牙學語與搖擺學步。懵懂的年少，總會任性的胡亂吵鬧，和姐妹搶奪玩具，把房子弄得一團糟，然後被媽媽大罵一頓；叛逆的青春，有一兩個會偷偷咬耳朵交換心事的貼心好友，有一些屬於青春的惆悵與溫柔的情懷；最後懂事成熟，剛離開家上大學時會打電話回家，聽媽媽的聲音然後偷偷的哭，後來常常打電話回家跟媽媽撒嬌。已經漸漸準備好要綻放成一朵最美麗的花時……二十歲，可以是一個里程碑，也可以是，一塊墓碑。

＊＊＊

好像離原題有點遠了，可是沒錯的，我說：

她已經離我們很遠了。

請做個快樂的天使。

新詩

姆姆。嗎奈？
當妳漸漸萎去
情歌
蚊
向陽光逃難
Define Comedy
失眠

初審老師：陳旻志、吳慕雅
決審老師：路寒袖、陳　黎、渡　也

首獎

姆姆。嗎奈？

輔諮所四年級　鄭　童

姆姆……
嗎奈？
院子裡大樹說什麼？
它說故事。
大樹知道什麼？
大樹認識你外公，我把他衣裳掛在樹枝上，他回來的時候就知道我在。

姆姆……
嗎奈？
外公他回來說什麼？他說故事。
外公知道什麼？

外公看見我跳舞，笑著把花環戴在我頭上，我跳舞的時候就知道他的愛。

姆姆……

嗎奈？

跳舞的人們都說什麼？

都說故事。

他們知道什麼？

他們聽見我哭泣，就把最美的花都放他身旁，我傷慟哭他的日子就滿了族人的愛……

貳獎

當妳漸漸萎去

中文系三年級　王志浩

一

妳來到我掌心
選擇在某些交錯的吻痕
開出一朵朵記憶的花
百花搖曳，朗聲妳躡手躡腳到來
也可能是離開

二

風吹去周遭聲音，卻帶不走
巨大的沉默。
我們凝視，然而

妳的目光選擇遠行
「雲好近啊！」妳說

三

我的夢中，妳踮著腳尖潛入
遺落兩串珍珠在暗處發光
確定妳的罪愆
幾句詞彙被偷走
例如「我們」

四

在纏頭擁抱的街角
在無語決絕的枕邊
幾度花開，幾聲蟬鳴
妳踩碎幾片乾枯的秋聲
跫音漸去

情歌

土木系三年級　蕭方歌

情歌的前奏還沒完
你就哭了
汪洋中兩隻魚隨著旋律上下打水
水花怒放
開滿了纏綿髮梢和一張張你親手的
塗鴉
我連忙收起散落的彩色筆
你最心愛那幾隻
免得餘韻
將它放逐到太遙遠的彼方

情歌的前奏還沒完
你就約我
合力綑綁泡過水的記憶
紮成一束束琴弦
在每個你覺得可以紀念的拍子上
自顧自彈奏
我從不理解的幸福
在無人的街頭賣藝
音符刮傷你的臉，扯緊我的呼吸
任憑風，穿透
用盡力氣，割斷你的琴弦阿
血液會為我共鳴出
最動人的聲響
陪你經過西伯利亞的冰原，惡夢的泥沼
最好可以順道

回去棉花糖做成的夢鄉

情歌的前奏還沒完
你就崩潰
我怕沒聽完情歌的你
流浪的太遠，連風都讀不到你的氣息
除了譜一曲蜂蜜般香濃甜膩的謊
沒有什麼向你隱瞞

沒想到情歌的前奏還沒完
洪水就淹沒了你的眼、你的唇
和你最珍惜的那件衣服
儘管我罵你是白癡、笨蛋、瘋子
你還是背著我
一個人悄悄地唱完了整首

悠揚的寂寞

佳作

蚊

教政系一年級　陳靖濠

煩熱的夏夜
你在我耳邊低語呻吟
多無奈的情慾
輾轉著
未眠

纏綿的被褥
你在我胸口游移舐咬
多狂妄的佔有
難耐著
赤裸

077 蚊

惺忪的清晨
你在我視線停滯模糊
多似夢的呢喃
紅腫著
天明

佳作

向陽光逃難

中文系四年級　侯慧敏

一顆綠豆在矽膠上爆炸
成長是一列自助餐
當晚我睡在托盤裡
聽全世界的義乳哭泣

縊死前我踩上你的肩膀
費時三日蹲著說故事
舌頭紮成降落傘
向陽光逃難以後
才想起遺言

新死的荒謬踏著水泥從海上來
來到床邊
拽著一部脫頁劇本
請我讀出聲音

佳作

Define Comedy

資管系四年級　周翰廷

我不像維捷布斯克的野蠻人
勻得一匙油彩為你的臉龐上色
只能割下你的頭顱　讓它在天悠翔
我吐氣輕撫你那尚如銀貂的長髮
卻不能在你的頭骨育植鮮花

女王殷殷盼你歸巢
你這隻蛾卻給洪流上的飛魚叼走
我這還有杯高禮帽下的濁綠
等著你梳一池春水共飲
喔！它實在太苦　痛成鎖鍊

把我的鳴槍壓得只能向地悶響
徘徊於靈泊（Limbo）的聖哲都聽到了
頻頻邀請你與樓下的佳人同住

喔不　我咒你並非恃我拿了石鑰
快拉開我畏縮的頸肩
三鎖環其流動　亙久不枯
詩人啊詩人　你可否將我繫在木馬的尾鬃
拖行並磨爛四足
再轉起鏡中傴僂的騎矛　輪轉成粉
摻進樂園腐果的蛆汁
餵飲母狼的孩子
她哀嚎想用胸腹乾皺的腺體
餵幾滴甘乳　卻擠出膿來

若不忍續看　也請一窺
再不忍睹也只是一趟沉入冥河的深潛
六腳長長的飛蠅吊著天梯
在紅莓色的睡湖水面
等著我抓住

我要在日輪馬車啟程以前
用不熔的蠟翅從海平面升起
自己買束鮮花
獻給酢醬草海灘上　象牙色的臍眼
兩個美麗　七燭燈下相互映照
照亮領報之地的聖窗
切記勿留紀念的帳幕
渡船人仰望的藍牆便是我們的草屋

我不能像維捷布斯克的野蠻人
勺一匙油彩為你上色
因為你的色調渾然天成
只好喉發歌唱　讓驢在畫布上蹬起天馬的舞

佳作

失眠

中文所四年級　許若菱

黑夜呼吸著，
覺醒是匿名的。

黑夜守著赤裸，
思想是懸宕的。

黑夜存在著，
意識是矛盾的。

黑夜控制關係，
邏輯是失序的。

黑夜在場著，
事件是鬆弛的。

黑夜鄰近對立，
意識是錯亂的。

黑夜滲透著，
運動是空無的。

黑夜預示混亂，
人格是掩藏的。

黑夜涵覆著，
實體是徒勞的。

黑夜依託窸窣，
掙脫是畏懼的。

黑夜消化著，
養分是濃縮的。

黑夜莫名主宰，
幻想是剝離的。

黑夜形構著，
隱蔽是不朽的。

黑夜分化狀態，
世界是無限的。

黑夜辯證著，
內化是孤獨的。

黑夜攫取自然，
主題是分析的。

黑夜關心他者，
倫理是捏造的。

黑夜飢餓著，
象徵是營養的。

黑夜溝通著，
意味是純潔的。

黑夜承載經驗，
結構是嚴謹的。

黑夜騷散著，
主體是遺忘的。

遺忘的
是黑夜
主體，騷散，著……

小說

初審老師：鄭美惠、賴慧勳
決審老師：吳鈞堯、甘耀明、童偉格

首獎

田水伯

中文系五年級　柳品如

陳護士喊了一聲：「田水阿伯，咱來去普通病房！」

靜如隨即跟著陳護士的腳步，推著病床步出加護病房的自動門。這時已過了兩點半的探望人潮，加護病房外空無一人，連家屬休息室的電視聲響也隨著八點檔的午間重播時段結束而銷聲匿跡。

這令靜如感到不自在，空氣中彷彿少了分人氣，她環顧四周白淨的牆壁以及窗口灑落進來的陽光，她的世界已經無聲地被隔絕了。病床中躺臥的老人，整人整身被擠在尿布看護墊衛生紙以及臉盆牙膏牙刷毛巾貼身衣物的中間，還是陳護士看靜如一人拿不了這麼多東西，就一股腦把這些行李、用品順手放滿了病床，病床儼然成了另一種托運工具，托運這些生活雜物、老人和滿身的病……。

「轉房啊？」電梯裡頭另一位護士問著。

「是啊！要轉到第二醫療大樓那。」陳護士隨即眼神示意靜如要進電梯了。

靜如看著外公的病床被推進專為運送病床的電梯，她想到曾經在電視上看見過麵包師傅將麵包推進烤箱的畫面，一推，一關，接著就只剩等在那設定的時間裡，等那時間自己流轉殆盡。而她始終無法理解，為何她外公會要這樣等不及，等不及那時間自己宣告終止，便毅然決然地決定結束？

電梯門又開了，靜如幫忙著陳護士將病床推至電梯外，然後開始經過一棟棟陌生的樓，她覺得醫院裡的路交錯複雜，且各醫療大樓的樓與樓間看起來都是一個樣子。好在還有地板上一條條各色的指引線，可使她在其中感覺到些方向，目前正要前往的第二醫療大樓是紅色線、第一醫療大樓是紫色線、急診大樓是綠色線、放射科是橘色線……這些各色線條纏繞了整座醫院，卻也是醫院中少數幾處可以感受到其他色彩的地方，她可以感受到這些線條的脈動，繫連了人和生老病死，也彷彿圈圍出接下來的日子已將她與外公綑綁至此。

她不知道外公是否醒著？這一路除了醫院走道上來往的人聲，就是陳護士不時地問她幾句「多大啦？」「自己一個人來陪外公啊！」「現在放暑假啊！」諸如此類的探究，靜如一邊答腔，一邊看著窗外因走動而不斷變換的光影投射在外公緊閉的雙眼上，那是一種沉默的堅定，也許說是固執可能比較貼切，她知道她外公當他自己死了。她不是很喜歡這種感覺，有些許的心痛和憐惜，但更多的是厭惡，她覺得她外公更像是當她們都死了。

陳護士將外公送至第二醫療大樓腎臟科，便忙著和這裡的護士作交接手續，為了要了解外公的心理狀況，還特地把靜如也叫出病房一一詢問。這樣的例行公事靜如是知道的，三天前外公剛由急診大樓轉往加護病房時，她也曾被這樣問過。

「阿伯現在的心情還好嗎？」

「是喝農藥吧？」

「有喝很多嗎？」

「啊是為什麼要喝？心情是怎樣不好？」

「跟兒子住一起嗎？」

「你阿嬤還在嗎？」

「平常都在家幹嘛？有什麼消遣活動嗎？」

靜如不是所有問題都能回答，只能就大概的情況回應，要不就請護士等晚上她媽媽過來時再問清楚些。雖然護士這樣問是出於好意，可靜如每每總是感覺難為情，她不喜歡這些異樣的眼光，她想她外公大概借了旁人之口，給了她們最大的難堪。她們一下子全成了不孝子孫。

風聲很容易就走漏了，許多親戚朋友都打電話來關切，靜如在一旁聽她媽媽一通又一通地說明著，聽到她都會背了。

「麻嘸識就清楚伊為啥米喝嘿？」

「麻嘸講伊喝多少？」

「嘎問啥，麻攏嘸應？」

「景發仔工廠有貨愛趕，人底咧南投，襪尬伊孫倆ㄟ人輪流替啦！」

「聽講衛生所夠派人去厝哩訪問，歸ㄟ庄頭攏麻災啊！」

「麻是嘎景發仔講麥想太多，代誌攏發生啊？」

「阮兜細看事辦事啊！外扣ㄟ人要安怎想，攏隨災伊啊。」

美雯特地帶了雞湯和麵線來，田水只是睜著雙眼看著並不說話，就各自這樣安靜地坐著。

最後還是美雯按耐不住，開起了話頭。

「景發仔人底南投趕貨，走不開，粒嘸通當作攏無人要睬粒！」

「粒郎安怎愛嘎醫生講，醫生才知影要安怎醫啊？」

田水坐起身來，喝了幾口湯，臉上露出一種痛苦的表情，隨即放下湯匙對雞湯停止了動作。

美雯繼續說著：「粒心內有代誌要講出來啊！某是誰ㄟ災？」

「粒喝嘿，甘ㄟ勢解決代誌？」

田水依然沒有回話，又躺下身子繼續閉著眼。美雯也只能無奈地看著她這個性執拗無比的老父搖搖頭。然後一邊詢問美雯今天一整天的事，還有身上的錢夠不夠，並交代一些事。

這時恰好晚班護士要來替注射點滴，護士一邊挽起田水的袖子，一邊確認病患身份問道：「阿伯，粒叫啥名？」

田水不答。

護士只好又再問一聲，可田水還是一副不願搭理人的樣子，搞得美雯在旁邊急著幫忙說：「伊叫吳田水啦！」

護士也知道老人家的硬脾氣一發起來可是比石頭還硬，只好拿出護士醫療專業出來威嚇一下，便說：「阿伯，粒若嘸講粒是誰？襪哪嘎粒注不對藥仔麥安怎？」

此時才從田水嘴中傳來微弱的聲音：「嘸災影要安怎講啦！」

在吳田水心中，吳田水已經死了，所以他說他不知道要怎麼回答。可靜如卻不這麼想，她心裡清楚，她外公還是怕死的。

隔天一大早，靜如便帶著一雙惺忪的睡眼又來到了第二醫療大樓的八樓病房。美雯也早已梳洗完畢，等著靜如一來就又趕著去上班了。服侍完田水用過早餐，靜如便到餐廳區的便利商店買些吃的，也順便買了電池，昨晚美雯特地交代她要把家裡不用的那個「喇粒歐」給帶來。田水平常沒什麼嗜好，就是喜歡開著喇粒歐，聽聽裡頭放送的台語老歌或是電台主持人大力推銷什麼藥品。

一把電池裝上，喇粒歐發出些沙沙聲，靜如邊調頻道邊問田水想要聽些什麼？田水依然少話，只應了聲：「攏好！」

相較於美雯，其實靜如可以感受到田水對她似乎比較不會不理不睬，她曾聽人說過老人家其實就像小孩，其脾氣和任性程度都非常相近。也許，田水是在對誰生氣吧？對自己的兒女失望，對自己的病軀失望，但對於靜如，他沒有那麼直接的關連，因為小孩子本來就不會真的對小孩子生氣。

靜如將頻道調到某台正在極力推銷胃腸藥的電台，就在一旁看起報紙了，一邊將某些新聞說給田水聽，田水只是以簡短的「恩」、「嘸災影」，還是「嘸識篩」

回應著。靜如偶爾抬頭觀察田水，他只是半躺在床上，眼神空洞地望著遠方，醒醒睡睡，也不太說話。

今天主治醫生已經來過詢問病情，大致是殘存在體內的毒性已排除，接著需要觀察尿液是否還有毒性，所以要持續採樣。另外，農藥可能帶來的影響，還要再進一步觀察，看看是否有傷及心臟或是灼傷食道，且喝了農藥的人其影響可能還要長期追蹤，有的人甚至有肺部纖維化的可能。

靜如聽得懵懵懂懂，到是田水開口講話了。

「這甘ㄟ經嚴重？」

「阿伯，你要跟我們配合，阮才ㄟ勢對症下藥啊！」

主治醫生隨即將眼光投向靜如。

「阿公有跟你說他喝了多少嗎？」

靜如搖頭表示沒有。

從事情發生後，田水絕口不提這件事，為什麼要喝？心裡頭有哪些事情想不開？甚至是喝了多少也不肯說。

靜如將醫生的話翻成台語，又問一次田水。

「阿公，粒某講粒喝多少？郎醫生嘸災要安怎醫啦！」

田水才慢慢說出「一小口啦！」

這話一鬆口，才也讓大家都跟著鬆了一口氣，總算可以知道田水並非死意堅決。至少，靜如知道不是這一小口農藥要她外公送命，而是他老人家小孩子脾氣要賭的一口氣。只是十賭九輸，靜如不知道這遭她外公賭上了自己的命，他想要贏些什麼回去？

自靜如有印象以來，田水就是個不多話的人，靜如每回回到南投也只是怯怯地喊了聲「阿公」就跑到一旁去看電視、騎單車了。

外婆過世後田水更顯得少話，從鐵路局退休後白天的日子更是無事，田水不是在沙發上看電視看到睡著，就是騎著車到外頭遛達。靜如記得有次景發舅舅大聲和田水說話，那次美雯在一旁勸架勸得聲淚俱下，屋內大人們吼來吼去，靜如也不敢待著，只隱約聽見關於「開查某」這幾個字。

事隔多年，靜如才從美雯那聽來那次的事，是關於田水拿著退休金在外頭揮霍花天酒地而惹來的事，不知名茶店的女人三天兩頭就打電話來找田水，惹得景發大為光火。又恰巧景發那幾年自己要出來闖開工廠，手頭急需一些現金，而田水居然寧願把錢花在外頭女人的身上，也不願意答應景發的商借，說是叫他別來吃他老本！

但關於田水對於「錢」這方面的小氣，靜如這個作孫女的也是有話要說的，像是靜如就給田水取了個封號叫「不給紅包阿公」，雖是小時候的童言童語，但也的確因為「錢」造成田水和家人心有芥蒂，而覺得這父親到了外頭老是呼朋引伴便上館子去吃喝，每每都是田水「充阿舍」照單全收，有時還賒帳要景發每月去結算一次，對外人可說是闊氣的可以，相反對家人卻總是一副愛斤斤計較的樣子。日子一久，大家夥兒也就習慣了這樣的相處模式，並不以田水的少話為怪，景發也只當作是善盡人子的義務，田水的吃穿玩樂他一概也不敢少。

而像田水長年的眼疾、心臟病和痛風，景發也時常放著工廠工作每個月按時地開車載著田水往南投市台中市去的，每回拿回家一大包一大包的藥，總是交待妻子依照藥盒給擺放好，就只差沒逼著他老人家一顆一顆地吃藥了。

對於田水做出這樣的事，不僅僅是大家始料未及，還是出乎意料之外的事，大家不覺得田水該有哪裡不滿意？

來到醫院也已經有一個禮拜了，田水喝農藥的情形已獲得完全的掌握了，醫生甚至覺得已無大礙，只是田水自己卻老喊胸口悶還是呼吸不順，搞得主治醫生沒有頭緒。一整天躺在床上，也不把護士勸告他得多下床走動走動當一回事，最令靜如最受不了的就是田水要小解這件事了，靜如實在很不想一整天就在醫院裡陪著一個無心康復的病人，且守在病床旁邊就是為了要替他處理滿上的尿壺。那尿壺裡的尿散發出一股騷味，使靜如作嘔，漸漸地靜如甚至覺得那股味道不是屬於尿的，也許那本來就是田水身上的味道，一股令人感到不耐和不解的騷味流連在空氣中。

而對於田水這樣緩慢且消極的復原進度，也使得醫院病床配置上產生些問題，有些較重症的病患更需要這些病床，而田水卻是當成住房店一樣不肯搬離，這可為難了醫生和美雯，只好一再向其他科商借病床。上回由腎臟科轉調胸腔科病床，才住沒一天就又從第一醫療大樓調回到第二醫療大樓的骨科。靜如光是收拾田水的隨身衣物，再跟著護士們轉調其他病房，一整天就耗在等病床和轉病床上了。今早護士又來通知說要轉病房了，靜如只得慌慌張張地下樓買早餐，想著邊吃邊等消息，沒想到一等就等到了中午過後了。正當田水迷迷糊糊地在睡午覺之際，護士便進來告知要轉房了，這回護士本想讓田水坐輪椅過去，一來田水的身體已可負荷一來也可讓藉此讓田水有下床的機會，可是看靜如一個人又沒辦法拿這麼多東西，就還是打消了這個念頭，讓田水如同以往躺在塞滿生活用品的病床上。

靜如依然在一旁協助護士讓病床更好移動一些，隨著病床向前的卡達卡達聲，靜如想起還沒上幼稚園前，有一回田水曾跟外婆帶著她去坐火車，由於田水是鐵路局員工，所以他們一行人都可以不用買票，這令當時年紀尚小的靜如感到十足的威風。也是靜如後來推測自己那麼喜歡坐火車的原因，喜歡火車緩緩向前駛發出卡達卡達的聲響。只是這回，靜如看著田水那副將醒未醒的睡臉，不知道田水是不是和他一樣想起這段往事？那是靜如對於一向沉默少話的田水，心中唯一慈祥的畫面。

也真沒想到，田水就像搭火車一樣，一站又過一站地從這個病房通往下一個病房，靜如真想搖醒田水告訴他，這不是在搭火車而是在住院，然而對於田水來說，哪個病房或者那個車站其實都沒有分別，反正人生總是要通往終點站的，田水便索性耍賴了。也是在那一次，火車到站了，靜如死賴著不下車，說是要繼續給火車載著卡達卡達地，外婆在一旁怎麼拉怎麼哄靜如就是不下車，還是後來板起臉來的田水，才讓靜如嚇得乖乖跟著下車。

靜如如果沒有記錯，她記得田水跟她說：「靜如仔，火車到站兜愛落車啊！嘸郎像粒這款！」

是啊！火車到站兜愛落車！可田水為什麼不肯下車，依然任由病床將他駛往下一個病房，為什麼要賴在床上不下來？為什麼呢？靜如無解地再次望向他的外公。

晚間，美雯找了一陣才找到新病房，進來的時候電台正在放送一首台語老歌。

「心所愛，思慕ㄟ人，粒嘎我離開……叫阮為調粒，每日心稀微，深深思慕你……心愛ㄟ，緊返回，緊返來阮身邊……」

田水聽著這首歌不自覺地就眼眶泛紅了，美雯一邊要靜如擺上買來的熱魚湯，一邊收拾田水要換洗的衣物準備幫他擦澡。靜如一面悄悄地告訴美雯，今天值班護士拉他出去說話，說是田水的狀況已經穩定了，只要家屬時間方便，隨時都可以出院了，靜如不知道要怎麼開口才不會讓田水不高興，所以只好等美雯來再作處理。

美雯這一個多禮拜來也不好受，白天上班，晚上還要趕來和靜如交換班，一面還托朋友去幾家有名的廟宇問卦，說是祖墳沒有處理好，所以犯沖沖男丁。美雯心想難怪景發前陣子傳出胃不好，休養了好一陣子，沒想到馬上換這老父有事了。誰知道景發根本不信這一套，白白地抹煞了這一番好意，惹得美雯只能自己在心裡委屈。現在一時聽見田水可以出院這個消息，也不知道該高興還是難過好？田水這副脾氣，美雯不是沒領教過，只是住院這是也不是小孩子辦家家酒，該出院就還是得出院，難道一輩子賴著不走？

美雯這才下定決心跟田水說說這出院的事。

「爸，醫生講粒ㄟ身體狀況已經穩定啊！粒甘有想講蝦米時陣出院？」

「胸口馬是悶悶ㄟ啊！馬攏某乎阮甲心臟ㄟ藥仔，是麥安怎出院？」

「醫生有講你胸口悶悶ㄟ，是因為粒喝農藥去傷到啊！愛長時間甲藥仔，馬嘸事一直住院兜ㄟ好啊！」

「兜攏住尬好好！」

「爸！粒哪出院不是卡自由，馬不用關底這啊！」

「某住這病哪ㄟ好？」

「景發仔ㄟ帶粒來拿藥仔啊！不然粒底這躺，病甘ㄟ自己好？」

「管胎伊ㄟ好啊麥好？」田水已經有些惱火了。

「爸！現在嘸是嘸乎粒住！是醫生講粒可以出院啊！甘講粒嘸想出院歐？」

「哪有！」

「不然粒講粒想夠麥住幾天？」美雯問。

「再三四天啊啦！才來回去南投好啊啦！」

美雯好不容易才問到這樣的結果，但明顯可以知道田水的不情願和不高興，但也無可奈何換規勸老父去擦澡。誰知田水脾氣一來，說是不擦澡就要睡了，靜如在一旁覺得又好氣又好笑，他外公這是真把住院當成一件出來玩的事嗎？別人都是住久了想家，還沒看過他這種不想回家的？

隔天田水一看見護士來了，馬上一股腦地跟護士說他哪裡不舒服那裡痛，還主動跟護士討藥吃，說是一次只吃兩顆藥病哪裡會好？靜如知道田水急了，但就是想不明白為什麼他這樣不想出院？

「阿公，粒某想麥出院歐？」

「病兜還沒好？麥安怎出院？」

「醫生有講ㄟ開藥仔乎你甲啊！」

田水不說話了。

「粒嘸趕緊出院，粒種ㄟ香蕉麥安怎？」

「郎攏顧麥好啊，那有時間擱去管香蕉？」

靜如以為提起這個香蕉話題，可以使田水的精神稍為振奮一些，那時香蕉苗剛播下去的時候，靜如只要一回南投都會問田水什麼時候有香蕉可以吃？田水總會簡單地回他：「還沒啦！還沒啦！」

那時靜如也常看見戴著斗笠的田水，拿著鋤頭在烈日下為香蕉苗除去雜草，好不容易等到香蕉樹漸漸長成的時候，沒想到田水卻來住院了。

「粒不驚阿舅顧嘸好，攏嘸香蕉好吃歐？」靜如繼續不死心地問。

「青菜啦！那ㄟ災影伊麥安怎弄？」

「粒緊出院去顧啊！安捏我才有香蕉吃啊！」

「回去無聊啦！在這夠有粒尬阮作伴！」

這大概是第一次靜如聽見田水表露心跡，他說他怕無聊，而一直以來靜如卻以為這是田水的生活方式，大家都以為他喜歡這樣的生活，不是去喝酒就是去「開查某」，沒想到田水居然願意跟她說出他怕無聊這句話。

「粒底這兜賣無聊歐？等我若開學，兜沒人底這陪你啊啦！」

「叫美雯啊來啊！啊是景發仔馬好！」

「伊們愛去作工作啊！而且連粒馬底這，香蕉ㄟ嘸人顧啦！到時我嘸兜某香蕉甲？」

其實靜如何嘗不知道那時候田水說的話雖然任性，卻是藏在心裡頭很久的話。

以往總是美雯回南投，靜如才跟著一道開車回去，這回靜如難得得了一天空，便由北部坐火車途中轉往集集線，想以另一種方式、另一個方向回去探探他這孤單的外公。火車卡達卡達地駛著，靜如也彷彿進入了回憶一般，覺得窗外的一樹一景都如她兒時一般，綠色的光影映入眼簾，靜如覺得她的心無法平靜。而她竟然已經好久沒有這樣看看自己身處的半個家鄉，連帶地也忽略了某些來自於血緣的繫連。

看見這個半倒的高壓電塔，濁水站就到了，靜如有些膽怯地出站，並從手機裡找出一組電話號碼按下撥號鍵。話筒的另一頭正是午睡朦朧的聲調。

「喂，麥找誰人？」

「阿公，系穠啦！靜如仔啊！」

「靜如仔歐！」

「阿公粒嘸兜來搭我載！」

「企兜搭粒載啊？」

「車頭啊！濁水車頭啊！」

「濁水車頭歐！粒麥返來看阿公唷？」

「嘿啊！我底這等粒來搭我載嘿！」

「好！好！粒嘸通黑白走嘿！」

靜如從話筒裡可以聽出田水的喜悅，可靜如一邊等著卻也一邊緊張了起來，他們祖孫倆一直以來都很少話，除了那回在醫院，靜如在醫院陪了田水兩個禮拜，那是頭一次靜如聽見田水說出自己的心事，於是那次靜如答應田水，只要有空一定常回來看他。美雯和景發也是只要一有空就邀田水去哪去哪玩的，倒是田水自己懶，常常推辭他們。

果然沒有多久，靜如遠遠便看見慢慢垛著機車過來的田水。

靜如生怯的一聲：「阿公！」

田水應了一聲，隨即便問靜如：「要甲麥當勞某？」

「阿公粒要請我歐？」

「嗯！」田水答的簡而有力。

祖孫兩人便一車僕僕地直往麥當勞去了，其實靜如知道，田水還把他當成那個小小年紀以為擁有麥當勞就擁有全世界的小女孩，雖然靜如因為顧及身材很久不碰麥當勞這種速食店了，但在田水這樣溫柔的一聲：「要甲麥當勞某？」靜如甘願沉浸在這其中作一個幸福的「憨孫」！

三天過後田水在靜如的陪伴下，跟著景發的車子回到了南投。臨走前，田水還一直纏著護士問他的心臟藥他的眼藥他的呼吸暢通藥是不是醫生都開了？彷彿把病看成了另一個自己，呵護地無微不至。也許在生死關前走了一遭，田水發覺除了病之外，再也沒有其他東西和他這般關係緊密，彼此繫連在一起，兒子女兒始終都還是為自己而活，並不是為了他這個老人家活。

其實靜如很想跟田水說，那些藥不過都是吃心安的，用不著拿這麼多，最要緊的還是自己的心情要保持愉快，不過靜如覺得太肉麻所以沒說出口。看著傻傻站在一旁的景發，靜如心裡也覺得好玩，父子倆一見面也知該說些什麼好，景發也顧不得還在醫院裡，便問田水說：「爸！粒馬甲菸某？」

田水沒有應聲，只是拍拍景發的肩膀說：「咱來返啊！底這乎病拖乎病顧，不如返來去顧阮ㄟ田水卡實在！」

寫於 2011.1.21

方羽歆

外文系二年級　呂三際

寫給那些美好的往日時光。

一

聚餐結束之後，以前的同學分成幾組人馬，各自續攤去了。

老師今天不知道為什麼特別興奮，開了啤酒，硬是每個人都倒了一杯，熱熱鬧鬧地一起乾杯。我一沾到酒就醉了，吃完盤子裡的東西，就靜靜地聽其他人說話，有點頭暈。

升上大二了，兩年之間我曾回過學校過一次。那時候校慶，老師忙著顧他自己的班級，趁學生跳健康操的空隙提了一下最近其他老師跟他抱怨學生不專心，起鬨影響秩序，我一聽不禁莞爾。高中時代的朝會跟晚自習，每個星期那些不斷重複到有點厭煩的瑣事，竟然這麼令我懷念。我仍會想起當時，有時候僅僅是片段的記憶，甚至只是一點點微弱的氛圍而已。

我看看周遭，大家還是都跟以前要好的人坐在一起。我跟麗婷、惠君她們一桌，我們曾經同班過呢，一想到心裡就很雀躍，會參加這次同學會，一半就是想回來看她們。

我們以前放學回家的時候，常常在路上買東西一起吃，或是彎進巷子裡那家暗暗的咖啡廳，坐下來不特別聊什麼，一整個下午。看電影跟唱 KTV 都是怡珊決定的，我們幾個裡面就是她最活潑，讓週遭感染到她的活力，也只有她，到了高三還能每節下課往別班跑。每次她開麗婷玩笑，我跟潔如都在旁邊偷笑。升上高三之後，我們還會一起留校晚自習，打電話訂便當或湯麵，一群人坐在教室的角落一邊聊天一邊吃講講其他同學的趣事，有時候講桌前面那團比較大聲，結果整間教室的人都在聽學妹跑去籃球場旁邊幫班上男生加油的八卦。

今天還沒說到話，惠君跟怡珊就離開位子去聊天了，潔如之前就說過不會來。剩下麗婷坐在我對面，她燙了一頭波浪捲，換上一副紅色的細邊眼鏡。麗婷問我，去年的同學會怎麼沒有來；我跟她說，那時候剛好碰到系上辦活動，就沒去了。

大家的穿著都變了很多，脫了制服，都是自己的風格了；男孩子穿著皮夾克、格子襯衫，女孩們丹寧短裙底下是黑色的褲襪。惠君化了淡妝，我遠遠看著她，穿著黃色低胸的洋裝，臉上掛著甜豔的笑容。惠君已經不是高三那個總是坐在角落用功的女孩了，我早就知道她不是只會念書而已，總覺得有一種機敏藏在她小心的談吐跟靦覥的笑容裡面，我就是看得出來。隔壁桌的男生低聲說她突然變得好漂亮。我好替她高興，但同時也有一點小小的不習慣。

高中畢業這兩年，似乎有很多念頭漸漸醒了過來，我也懂得，比如說某個對著書桌放空的下午我忽．然．心．情．不．對，就跑去燙了一頭玉米鬚，染成深咖啡色的。走進今天的同學會，不知道這個造型在兩年不見的同學們眼中，好看嗎？我自己是一直都很喜歡，只是想不到今天竟然會有這麼多個「忽然心情不對」，在我周圍晃來晃去。

老師提起他們班上準備英文歌唱比賽的事情，學生選歌，買材料做道具……我覺得很難想像，記憶中的歌唱比賽異常模糊，那時候我們才高二，只依稀記得大家忙了很久卻沒有得獎，全班都很沮喪。老師還在說，說他們班上的女生手工很巧，男生很會表演，我越聽越覺得頭痛。

我又想起去年的高中校慶。園遊會每個攤位都在用力拉客人，我遠遠沿著柵子走過，被人群隔開不能靠近；旁邊擠了一大群學生在幫跑道上的接力賽加油，學弟妹好賣力地跑啊跑，紅色、藍色、紫色、綠色的背心也跟著飄呀飄。好震動的空氣。我逛了一圈，遇見兩三個以前的同學，有打招呼，也聊了一下子。每個人都好興奮，我看著他們的表情，不知道為什麼，心裡惘惘的。

後來把這件事告訴潔如，沒想到她突然抱住我，在我耳邊輕輕地說，沒關係的，她都明白。

看著麗婷，我一時不知道要對她說什麼才好。麗婷跟我一樣在外地念書，她讀一所私立大學的會計系。我們稍微聊了學校跟宿舍的環境，還有暑假的迎新（有一半是被強迫才加入的，我已經很少參加系上活動了），講著講著忽然就沒話說了，我有點尷尬，麗婷卻沒什麼反應，只是很認真，若有所思地看著我。

她開始跟我講一些離家後的生活細節，怎麼在沒有洗衣機的宿舍裡面，用手洗衣服，又怎麼用漂白水去掉襯衫的污漬。高中畢業之後，除了用功，還有很多很多事情可以做，我完全可以想像她全心全意地一件做完接著另一件的感覺。

記憶中的麗婷做什麼事情都很認真，她總是在念書，可是成績一直都普普通通。我們每天都看著她為不同的科目困擾的樣子。放榜的時候，我們都覺得她為了一所私立大學到外地念書不太值得，可是也不好多說什麼。

兩年裡面，她試著做菜，養盆栽，用棒針織毛衣……我帶著微笑，讓她一直往下說。沒見面的這段時間，她一定過得很快樂。

仔細看就知道兩年裡面，哪些人私下還有聯絡，隔壁桌的男孩子笑得特別大聲，似乎前陣子才一起出去玩過。在他們的談話中，我無意間聽到班對最近分手了；談了這麼久的遠距離戀愛，男的一直都不知道女的劈腿了。

回想起來，這段時間除了潔如之外，我幾乎沒有其他人的消息。

聚餐進入尾聲，開始有人披上外套結帳走了；不知道什麼時候，麗婷也安靜了下來。怡珊和惠君過來找我們去唱歌，我說我有點累了，想早點回去休息，怡珊抓著我的手說下次一定要好好聊聊。對呀對呀，我來回望著她們三個人說。

二

搬出學校宿舍之後，越來越常一個人。起初還不太習慣，久而久之也就成自然了。

大一的時候都跟室友們一起行動，收好東西就出門上課，下課就一起去學校的餐廳吃飯。學校除了餐廳，就只有文具部和一家便利商店；附近的生活機能很不理想，只有兩三家麵攤、小吃店跟一家文具店。騎車到市區要四十分鐘，公車一個小時才一班。我們兩三間寢室偶爾會相約搭車，去大賣場採買些生活必需品。在房間裡，大部分的時間都在聽音樂、看影片，還一邊敲MSN。

有時候，會跟男生一起出去玩，有班上的，外系的也有。通常一群人晚上十點多搭車去KTV夜唱，唱到早上六點半再搭第一班車回去，回房間洗個澡直接出門上課。這是沒有機車的做法。有機車的人就直接騎到山上去看星星了，要多遠有多遠。

大一剛開學有一段很奧妙的時光，可以跟接下來都不會有交集的人混在一起。以前還常常跟妤娟、翊柔那群在一起出去玩，現在聽到她們跟男朋友坐火車到外縣市去玩、陪系上的籃球隊到其他學校去比賽，籌備系遊……好像都是別人的事情了。

過了半個學期，同班同學的關係才漸漸穩定下來，形成一個一個的小團體；開學很照顧我們的學長姊，有些到了期末也消失不見了。也只有剛進來不懂事的時候，才會跟學伴出去，不過班上被學伴追走的女生也是有。

對人際關係隨和的我，到了下學期也察覺到一些變化。特別是搬出宿舍之前。

三月的時候，文儀突然來找我，說要一起租房子。我們以前幾乎沒說過話。我心想，我們不是一直都各過各的，井水不犯河水嗎。

文儀的頭髮很長，喜歡綁馬尾，常穿 T-shirt 跟球鞋，長長的睫毛跟上揚的眼角，給人一種很幹練的感覺。特別印象深刻的是，她上眼瞼的邊緣有一顆小小的痣。

文儀每天都有打工，聽別人說，好像是家裡沒有給她生活費。她剛開學就去學校餐廳應徵，上課之外的時間都在內外場跑來跑去。工作的時候她把頭髮盤起來，塞進帽子下面。

文儀跟我隔了一間寢室，印象中，有幾次她九點多下班回來的時候，我剛好抱著臉盆要去淋浴間沖澡。我偶爾也會去她們房間聊天串門子，她不是打工還沒回來，就是戴著耳機在角落念書。假日白天不用打工的時候，她會整天窩在屋子裡，盯著電腦螢幕，連吃飯時間都不出門，吃她積存的餅乾、水果、泡麵。有時候她出門，有時候我會在自習室看到她，有時候她就是蒸發了。學期中她有一個禮拜都沒去上課，也沒有請假也沒有回宿舍，沒有人知道她在哪裡。

文儀是班上少數幾個有機車的女生，她久久會出去一次，每次都帶一大堆東西回來。有一次她買了兩顆大西瓜，接下來的三個晚上，整條走道都有人在幫她吃，

她自己切好，一間一間寢室敲門拜託，最後還是有剩，在冰箱裡放了一個多禮拜沒人要吃，只好丟掉了。

期中考前的一個晚上，我念書念到十二點多突然覺得肚子餓，跟室友庭萱一起去便利商店買宵夜。模模糊糊的，燈光透過玻璃，映照出一對男女的輪廓；男的俯身親吻女的，一手環住她的脖子，另一隻手從後面摸亂她一頭長髮。從背後看，女生髮長及腰，下半身是窄褲跟尖筒靴，她兩手扶著男生的肩膀，仰著頭，有韻律地緩緩移動她的臉。

我們東西買好就走了，學校的半夜到處都是這樣的情侶，也沒什麼好大驚小怪的；只是沒想到我們走出自動門的時候，女的突然回眸一望，瞬間我嚇了一跳。黑得發亮的瞳仁往外一翻，從兩排長長的睫毛裡探出來……

回宿舍的路上，心跳還沒平復，走著走著，庭萱忽然問我：

剛剛那個人，是我們班的文儀嗎？

我後來才知道，那個男生是文儀高中就開始交往的男朋友，而且也不是只有我們看到他們而已。

另外比較記得的是有一次，翊柔從後面叫她，她正要走進寢室。

「文儀文儀，可不可以借妳的機車，我們……」

「不借！」

她聲音繃得緊緊的，也沒有回頭，砰一聲房門用力關起來。

這件事也沒有多糟糕，後來我們跟班上的男生借了，還是有出去，只是覺得她的反應有點太大了。

班上對文儀的印象都不太好，感覺很難溝通；我也沒想過要干涉她，她就用她的方式去過，跟我也沒有關係。在學校裡面遇到文儀，她會笑著跟我打招呼，我心裡不以為意，微笑回禮。只是沒想到她竟然把我當成室友的人選。

她會在這個時候來找我，也是剛好吧。

妤娟跟翊柔是我大一的室友，加上庭萱，我們四個人住一間寢室。她們倆非常積極地想交男朋友，開學沒多久就爭取到女公關的位子，跟其他系交換資料抽學伴、聯誼。我和庭萱因為是她們的室友，就跟著出去了。

剛開始還覺得抽別系男生的機車鑰匙很新鮮，多去幾次，就覺得沒什麼意義了。行程大致上就是吃飯唱歌看電影騎車兜風，而且，大概是因為我話比較少，每次都是男生主動找我說話，感覺都有一些奇怪的意圖。

到後來，我寧願跟班上的男生一起在學校的餐廳吃飯聊天，感覺還自在些。庭萱也是沉靜的類型，但她跟我不一樣，她的氣質比較內斂。

庭萱很難拒絕聯誼，在我放棄之後，她仍跟妤娟她們出去了幾次。雖然她之後也不去了，可是不久就開始有男生送飲料跟宵夜過來。她變得常常出門約會。半夜手機響，她帶到走廊去接，回房間來的時候，還捨不得掛電話，一直想你、想你地唸著。

沉浸在愛情的女孩子就是這樣吧。這樣想我會忍不住笑出來。

也不知道是不是跟男朋友吵架，接下來的時間她動不動就哭哭啼啼。起初她強忍著情緒小聲地啜泣，默默地抽衛生紙擦眼淚；後來她漸漸壓抑不住，趴在枕頭上嚎啕大哭。在房間裡都聽得到她在走廊上尖叫，叫對方不要再打來。

有一兩次妤娟在的時候，在對面的位子對我皺眉頭，我只好苦笑回去。她們也想不到好好的聯誼最後會變成這個樣子吧。

這種狀況久了，我們也發展出一種默契——只要庭萱在哭，我們就去其他地方。去便利商店喝飲料或者是到自習室去念書，出去繞一圈也好，我不想回去。

有時候，看到她滿懷期待地從衣櫃挑衣服，哼著歌對廁所的大鏡子上妝。

我不好意思問她的事情，但是心裡覺得有點不舒服。

搬出宿舍，在班上引起了不小的討論。

女孩們開始重新分組，那些本來都一起行動的室友，突然被暗中抱怨私下的生活習慣很差：穿過的衣服亂丟，喝完的保特瓶不洗。本來小小的裂痕都被用力拉扯開來。

自己租一間套房太貴了，雅房也不夠省錢，我本來以為，妤娟和翊柔會繼續跟我當室友或鄰居，可是她們另外找了其他同學，一起租下一整層公寓。

這個時候，文儀來找我。

「羽歆，方羽歆，妳要不要當我的室友？」

庭萱變成我的鄰居，在隔壁租了一間套房。她還是常常出去約會，我們也不太過問她的事情。

三

我騎房東的腳踏車去巷口外帶了一個雞肉飯。騎腳踏車的習慣高中就養成了，剛騎上馬路的時候還小心翼翼，習慣之後就可以來去自如了。我閃過車子，在分隔島旁邊等一下，然後一口氣騎到對面。

我在坐車離學校半個鐘頭的小鎮上，和文儀分租兩人套房。這裡的機能比學校方便一點，不過跟市區當然還是沒得比。這裡只有租書店跟五金行，還要坐車半個小時才會到有書店跟唱片行的地方。

而且搬出學校之後要提早爬起來上學，我明明就沒有高三的時候那麼上進，為什麼感覺好像更痛苦了呢。

今天是星期天，文儀去打工，庭萱大概又去約會了。我一個人打開音響一邊聽Hiphop，一邊吃剛剛帶回來的便當。有點涼意。窗外那棵樹隨著風輕輕搖晃，葉子也輕輕地發抖。空中鋪滿了雲，很乾淨的白色。樓下的小朋友在玩戰鬥陀螺，圍著看小小的戰鬥盤，叫囂著「Go，射擊！」，輸了還賴皮。

這次書面報告的期限到禮拜二，我吃完還在跟音樂搖擺，上網收e-mail。刪掉七八封垃圾郵件，點開幾封轉寄的笑話跟風景投影片浪費時間。繼續往下翻，我看到惠君也寄來了一封信。她說最近有活動，問我要不要寫詩投稿。

我看著標題跟寄件人，心想她是不是寄錯了。

會加入詩社，真的就只是因為高二那時候惠君當社長；要是她沒有拉我，我也沒想過要加入社團。我真的跟詩沒什麼緣分，社團要求我寫過幾首，也是隨便寫的。那時候丟校刊，竟然還不小心拿了一個佳作。可是就算這樣，我也沒想過要繼續寫。大概是投稿的人太少了吧。

高二除了念書，真的沒什麼事。社團也只有邀請作家來學校演講的時候會比較忙，平常只要偶爾幫忙畫海報，宣傳一下徵文活動就好了。跟著他們忙一陣子，主要的社員大概都認識完了。

平常放學後也只有零星幾個社員在社辦聊天，做一些他們自己的事情。我稍微打個招呼，就可以去櫃子拿書來看了。櫃子裡的書真的很多，詩社當然都放詩集，也有一些傳記、文學理論，一點點散文跟小說。

放假的時候，社辦幾乎都沒有人，我常常揹著書包拿惠君的鑰匙到社辦去看書。我也不知道自己為什麼這麼喜歡看書，那時候真的只是一本看完之後，就拿起另外一本而已。尤其是沒人的時候，聽下課的人潮亂七八糟的說話聲，聽風過外面的樹。天空的顏色從窗外照進來，被樹葉剪得碎碎的。

我可以在這樣的社辦裡坐很久，從白天坐到傍晚，再一直坐到晚上。這是高中三年裡面，一個微不足道的小興趣。只維持了半年。

我回信給惠君，不是因為我想參加活動，只是想跟她保持聯絡。順便補一下禮拜五同學會沒講到的話。

惠君：

大二搬出了學校宿舍，跟同學合租了一間套房。最近不太參加系上的活動，空出一些時間忙課業，心情也比較悠閒。有空可以來學校找我玩。

附註，已經很久沒寫詩了。

歆

惠君這個人一直都有種說不出來的神祕，話不太多，總是靦腆地笑著。高二的時候還常常跟我們出去閒逛，到了高三，她總是放學後直接回家，也沒有參加晚自習。下課時間也都坐在位子上。

問到私事，她時常笑而不答。她保留了一個屬於自己的，不容外人侵規的空間。她也會聽我們說，帶著她慣有的微笑來聽，很少會插口。

她即使不作聲，但總是看在眼裡。我們私下談到她的時候，用詞也不自覺的小心。潔如說，這就是頭惱好的人跟我們的不一樣的地方。

問她功課的時候，我覺得自己的明明連問題在哪裡都講不清楚，她卻可以很快地把癥結找出來，用我能懂的話說給我聽。

可能有點自作多情，跟麗婷、怡珊、潔如比起來，因為社團的關係，我覺得自己跟她的交情更好一點。我常常跟她借社團的鑰匙，到後來，她乾脆把它交給我管了。

我的任務是每天放學後幫其他社員把社辦打開，讓最後離開的人來鎖門。我們偶爾會聊聊社團其他成員的事情跟一些活動上的事。惠君雖然是社長，但是除了辦活動的時候很少會去社辦。

馬上就收到惠君的回信，內容很突兀：

你有謝辰暐的消息嗎？

我沒有回應她。

時值盛夏，一個很普通的星期天，早上九點陽光已經很強，藍天白雲，還有一點點風。我打開社辦的門，從櫃子裡找出一本先前沒讀完的，外國詩人的傳記，翻來正要讀的時候，發現社辦的長桌上放了另一本書。是一本科幻小說。我拿起來，就開始讀了。內容大致上是講人類製造出機器人跟入侵地球的外星人作戰的故事，不算太精采。我順著一頁一頁地翻下去。

社辦的門再次打開的時候，我看到外星人佔領了一座大型發電廠，威脅人類元首說，要是不投降就把它炸掉。

學弟探頭進來，一看到我，很快就退了回去。

「哈囉。」我輕快地說。

他小心翼翼地把門推開一個縫，又一次探進來，跟我四目相交的時候，他曖昧地低下頭。他肩膀頂著門，十指交扣在腰間，看著自己的腳尖在地上踱了大概十秒鐘的時間。

「怎麼了嗎？」我隔著書問他。

「呃……不，也沒有怎麼樣。」他側著頭，僵硬地笑了笑，又踱了一陣子。

我把書攤在桌上抬頭看，他嚇了一跳，轉身要走出去。

「等一下，這本書是你的嗎？」他全身用力一抖，我差點笑出來。

他有點駝背地轉回來，半舉一隻手，笨拙地點點頭。

「對、對啊。」他說。

「等我看完再還你好不好？」我笑著對他說。

「是可以啊。」他又側過頭。

然後他就走了。

我對著門口大喊：「之後再還你喔！」

不知道他有沒有聽到。

這個學弟就是謝辰暐。

我最初會注意到這個人，是因為他總是坐在角落不說話，埋頭忙他自己的。大家圍著桌子做海報閒聊的時候，他總是坐在旁邊一聲不吭。

有一次他伸手去中間的筆筒找工具，他低頭找了很久，一直沒有人理他；他東翻西找了好一陣子之後，終於小聲地問：「膠帶在哪裡？」

總算有人從抽屜裡拿出來給他。想起那個聲音，是那麼小心，好像輕輕一碰就要縮回去了。

他總是一臉心事重重的樣子，很突兀地佔了一個位子；可是跟別人視線對焦的時候，他卻很快地把眼睛別開，好像他自己其實不在那邊。上次講座的時候也是，大家都坐在中間，他自己一個人挑角落的地方坐。

一年級的謝辰暐很嬌小，身高可能不到一百六十公分，走路的時候喜歡把手插在口袋裡面。他制服的襯衫很皺，下擺上有幾塊像是水彩顏料的痕跡，褲管很明顯因為太長而往上縫，那個手工很粗糙，還留下線頭。那雙慢跑鞋左腳勾破了一個小洞，上面的黑斑一看就知道很久都沒有洗過。

他的臉上總是紅一塊白一塊，像個嬰兒一樣。圓形的眼鏡的在他小小的鼻子上有一種很誇張的效果。

這個學弟在期中才突然加入，沒有帶朋友。每次有工作要分配的時候，他總是第一個出現在社辦，等我跟惠君都到了，才幫他把門打開。他看到我們的時候，一樣很奇怪的移開視線，我跟他打招呼，他的手臂小小地抽動了一下。大概是在回應我吧。

惠君說他都會把交代的事情做完。雖然有點難以形容，但也不至於令人困擾。從某個方面來說，也是個特別的人吧。

我不知道為什麼，已經這麼久了，惠君還會提起這個人。

我又看了幾篇部落格文章才離開電腦。掃了掃房間的地板，把這兩天的衣服丟進洗衣機。

文儀回來的時候帶了一封信，說是寄給我的。

我拿起來一看。

竟然就是謝辰暐。

四

遇到謝辰暐的下一個週末，我又去了社辦，帶著他的科幻小說。這次因為前一天熬夜，我睡得比較晚，下午才到。

我沒想到他人已經在裡面了。我門一打開，他立刻從椅子上彈起來。

我也嚇了一跳，兩手摀住嘴巴。

我看著他，他還是一樣不敢看我，低著頭，擺出立正姿勢，兩隻手臂緊緊貼著大腿。

「你是怎麼進來的？」經過幾秒鐘尷尬的沉默，我問他。

「唔……」他又想要跑出去。

「欸，你不要只會逃走啦，我在問你話耶。」我叫住他，於是他定格在門邊。

「鑰匙是我管的，要是有人跑進來，我會很麻煩……你到底是怎麼進來的？」看他站在那邊不動，我就跟他解釋一下。

他僵硬地指了指上面的氣窗。

「你這個身高……碰得到嗎？」我有點不可思議地問。

「可以啦。」他皺著眉頭說。

「我下次要把它鎖好才行。」這句話有一半是跟我自己說的。

「啊，對了，我要把書還給你。」我從袋子裡面把書拿出來給他，他笨拙地駝著背，用兩隻手來接。還有點發抖。

我放下包包，找了位子坐下，看到桌子上擺了另一本封面很像的書。

「哇，這個是續集嗎？」

「喔，對、對啊。」他還站在門邊，縮著肩膀看我。

「借我借我。」

後來，我就常常跟他借書來看。

謝辰暐還是跟其他社員格格不入，卻始終堅持參加每一次活動。小小的，畏縮的，有點發抖的影子，還是一樣總是第一個出現在社辦門口。其他社員有時候可以多跟他講兩句話，但是還不到聊天的程度他就會自己逃開，至少，還是漸漸可以跟大家打招呼了。

另一次，我下課之後去社辦，那時候只有他一個人，面前攤了一本很厚很厚的書。

開門的時候，他的肩膀震了一下。

我好奇地問他：「這本是什麼書啊？」

「叔本華。」他沒有把頭抬起來。

「『世界是自我的表象』……」我湊到旁邊去，念出看到的第一句話。「這種東西，你真的看得懂喔？」

「呃……嗯，可以啊。」他非常不好意思地挪了挪屁股，身體偏了一邊。

我問他：「你這次是怎麼進來的？」

他不自然地喘著氣，指指氣窗：「還、還是一樣。」

我後來才知道，每次離開社辦之前，他會趁大家不注意的時候，墊一張椅子，把氣窗的鎖打開；椅子離窗戶很近，所以不太會被發現，可是我很難想像他動作迅速地把鎖鬆開的樣子。這應該不只是我個人對他的偏見吧。

「學弟，跟我去喝杯咖啡吧。」我看著窗外橘紅色的夕陽，突然覺得心情很好。

「呃……嗯？」他兩隻手撐著桌子，大概是想抬頭看我，沒想到椅子向後倒，差點失去平衡。「哇啊啊啊……」

他的手放開，椅子才又站好。

我走過去拍拍他的肩膀：「你還好吧，小心，小心啦……」

那天，我沒有等其他人過來，就鎖上社辦，拉著學弟的袖子到附近的咖啡廳去了。

＊＊＊

我開始有機會聽他談加入詩社的事情。

在咖啡廳，他還從他塞得滿滿的書包裡翻出一本條紋筆記本給我看，上面寫了很多他自己對生活的想法。還有他寫的詩。他的詩情感很細膩，散發著一種說不上來的非常沉悶的氛圍。

我發自真心地稱讚他真的很有才華。我告訴他，我沒什麼寫詩，大概是沒有這種靈感和熱情吧；但是既然他有，就可以一直寫下去。結果他只是不置可否地笑笑。

我跟他聊那時候我們全年級都在忙的英語歌唱比賽，可是講著講著，不知道為什麼，話題切進了他那本叔本華。他有點演講式地，慢慢解釋英語歌唱比賽跟叔本華哲學之間的關係。

我看著他濤濤不絕地往下說，心裡有種不可思議的趣味。

天吶，英語歌唱比賽跟……叔本華，多麼奇妙的組合啊。

＊＊＊

又到了徵文活動的時候，那段時間比較忙，就稍微冷落了謝辰暐。沒有機會聽他講他最近讀的書，看他新寫的詩。

在我們整理稿件，剪貼海報的時候，他坐在桌子的另一端，好像很想說什麼的樣子。他要是說出來，比如說他要美工刀，我們都會幫他找；只是大部分的時候，他都張著嘴巴，卻什麼都講不出來。還有幾次，工作到一半他突然跟我打招呼，他揮揮他的小手臂，含在嘴裡小聲地說哈囉。我微笑看著他。

其實不難發現他在看我，因為每次轉向他，他都很明顯地把視線躲開。好像我一沒注意，他就會往我這邊看。有時候回看他的時候，我會試著給他一個笑容，但是後來我發現，這樣的時機太多了。

有段時間我變得有點疲於面對他。放學後早早去社辦開了門，還找潔如陪我一起去。我們一起去咖啡廳，討論有關這個學弟的事情。潔如說，他大概覺得跟我已經很熟了吧。我覺得也不是熟不熟的問題，只是有時候我會不太想聽人家跟我講叔本華的事情或是看那麼憂鬱的詩。

我不想多做解釋，跟他解釋會顯得我很神經質，他也沒有問我，我不需要自己把這些拿出來講。況且，要解釋的事情多到我想把他那顆想東想西的腦子給換掉。

潔如苦笑著說，不要管他會比較輕鬆喔。

可是，當初帶他去咖啡廳的那個心情，其實沒什麼改變。我不想放棄這個人。

我一直等到最後，面對的是一個有點糟糕的結果。

＊＊＊

期中考前兩三週的一個早上，謝辰暐下課時間到班上來找我。

他拖著腳在門口來來回回，停下來就一直站在門邊。

也有人問他，你來我們班找誰。他低頭不理。

我剛好從外面回來，他看到我，臉上快要哭出來的樣子，嘴巴卻在笑。

「學姊！」

我把整包面紙丟給他，陪著他一起走回教室。

他剛開始只是吸鼻子，然後開始掉眼淚，他縮著肩膀哽噎地說：「學姊……我們、我們最近都沒講到話……」

回到他的教室的時候，已經打鐘五分鐘了。我叫他一定要好好上課，放學再到校門口等我。

一整天，想到這件事情我的心情就好不起來。

五

掂掂信封的重量。

這麼多年之後，他還能寫什麼給我呢。

咖啡廳，我坐在學弟對面。背景的音樂很輕柔，我的心情卻很緊繃。他手掌托腮，兩條腿一直左右擺動，側著頭東看西看，卻一直看不到我這裡。來的時候，我走在這個矮我一個頭的小朋友前面，像是一個大姊姊帶著一個迷路的小孩。中間我們什麼也沒說，我偶爾回頭看，他一路上都駝著背在發抖。

「所以，我們現在是？」我會這樣問他，是因為我真的不知道接下來要怎麼辦。

他拿出筆記本，因為手指發抖，翻頁的時候滑掉好幾次。他一邊翻，一邊用眼角餘光從下面偷偷瞄我。我乾脆假裝沒有發現。感覺好像在等待某種未知的處罰一樣。

他翻好之後把筆記本轉過來給我。內容跟我想得差不多，我看完之後動作很大的鬆了一口氣，整個人趴下來，攤軟在小圓桌上。

我一直在等的不就是這些嗎？

我一直沒有把信封打開。

那天晚上文儀睡了之後，我還戴著耳機聽音樂，盯著電腦螢幕發呆。

為什麼要寫信過來。

謝辰暐他喜歡我。我也不知道是哪一種喜歡。他說他不要任何回報，只要讓我知道就好。就算他喜歡我，也拜託不要討厭他。

我趴在桌上，又把筆記本的其他頁翻開來，下巴貼著桌子很近很近地看。在他新寫的詩裡面，出現的愛啦，美麗這種詞，營造出一種碰也碰不到的，很尖銳的悲傷。我一頁一頁地翻下來，在我的裡面，好像也經歷過了這些撕心裂肺。

看完最後一頁，我坐起身，兩隻眼睛直直地盯著他看。作者就在我面前，我在讀的時候，他還是一直偷瞄我。他完全把臉轉開，剩下一顆黑黑的後腦勺對著我。

「看著我，我要講話了。」我的語氣很輕鬆，但是很堅定。

「唔……」他轉過來，整張臉都紅了。他維持往前傾的姿勢看我，雖然眼神一直飄掉，但是大方向是在看我沒有錯。他好像花了很大的力氣跟他那雙胡亂轉動的眼睛拉鋸。

「我不會因為這篇文章而討厭你。」聽到這句話，他有點殷切地看向我的眼睛。

「但是也不會變得比較喜歡你。」他很明顯地沮喪下去。

「你的詩要是繼續寫下去，應該可以變成一個詩人；可是你也學一下我們這些不寫詩的普通人吧，跟你相處真的很不自然。」

「可是，可是……」

「好了，沒有可是，不要活在自己的世界裡面了，根本就沒有人討厭你，你這樣只會讓我們不知道要怎麼對你而已。」

他撇開頭，沒有回答，臉上的表情在顫抖。

「你真的聽懂了嗎？我這次是真的，很認真的喔。」

我只聽到他的嗚咽。

咖啡已經冷掉了，我還是把它喝完才走。順便幫他付了錢。

暑假來得快去得也快，我升上高三之後，就沒有再去過社團了。還是有兩三次在學校碰到他，可是他還是一樣躲開。

我們已經沒有瓜葛了。

第二天，到了上學的時間我完全爬不起來。

文儀來叫我，我說我不想去了我不想去了。

我就這樣多睡了十幾分鐘。文儀裝一臉盆水潑到我頭上之前，我還以為她已經出門了。我迷迷糊糊地找到了床邊的吹風機，打開開關。文儀從我的衣櫃裡面抓了一件襯衫跟牛仔褲，丟到我旁邊。

穿好衣服沒多久，我又一次縮在床上，睡過去。

「妳怎麼這麼麻煩，快點給我起來。」我意識模糊地聽到她說話，可是沒有反應。

結果她用公主抱的姿勢，把我抱到她的機車後座。

「妳今天到底是怎麼了？」文儀非常困惑地問我。

那天我沒有帶書包，沒有筆也沒有課本。卻總算還是撐過去了。

到了晚上，我終於下定決心打開信封。

我心想，我要這樣回信。

學弟，好久不見了，你最近過得好嗎？

我最近搬出宿舍，我的室友是一個非常能幹的人喔……

明天要好好謝謝文儀。

參獎

燈火一街，食骨人

中文系四年級　吳金龍

埔里潮濕的冬天帶來徹夜的冷，聽說南部也正下著雨。

雨，每到下雨的日子，埔里的燈火總是比平日熄得更早。我與他並肩走在黑闃的路上，燈火滅了一半，帶著點霧的遠方讓我們看不到路，憑藉著熟悉的感覺，我領著他搭最後一班的晚車離開埔里，我明白這五年來頭次會面也可能是最後一次，他買了一瓶保健飲料，又拿著一杯流行的咖啡在我的手上，喝不慣咖啡的我，只是握著，然後揮手。

「我們以後再見吧。」

來自燈火一街的我們，他身上有海豚的影子，應該說，他天生就是個討海的傢伙，他要去花蓮。久未蒙面，他長大了，大到一下子我認不出來，他倚著成熟的口吻談他母親去世的事情。他要出海，暫時離開熟悉的一切，他乘坐的橘色客運像極了夕陽餘暉下的背鰭，他弓著背，手臂上與胸膛的厚實來自於五年前開始在港口幫

忙貨運、造船及挑物，一道一道的傷痕讓太陽曬得越來越黑，這不過就是他吧，在他父親離開之後，他就挑起了許多事物。

同樣的寒冷，我們都在十二月出生。父母相互認識，從小就一起生活，我出生時肩膀上有黑色的胎記，我記得他也有一個黑色的印記。這次見面，我刻意問他印記還在不在，他說早就跟膚色一樣了。而我的還在，且越來越深，可能是因為我不常曬太陽吧。他讓我看了一下他的肩膀，上面有一層繭，那是在挑物負重的情況下，身體最自然的保護型態。他說我的腦袋也有一層厚厚的繭，大概是因為平常都在思考的關係，可是身體一點都不健壯，這樣不行，這樣不是男人，我哈哈大笑，我說這個年代男人都不男人了，男人也不必像個男人。

送走了他，我拿著咖啡在便利超商的外面坐了下來，又到附近買了一杯熱茶。我習慣喝茶是來自父親，雖然家裡也會出現咖啡，但是父親總是會泡廉價的綠茶，然後在店頭喝整個下午等客人來，那時我就會偷喝父親的茶，後來每次喝茶，我都會想起父親，但也有另一方面的是，我覺得喝茶像個附庸風雅的文人，我喜歡這種矯揉造作。

十一點半的埔里最熱鬧的街頭一個人都沒有。飄雨了，我想起南部也會下雨，每次一下雨，我心情就會鬱悶。尤其是告別了他，今非昔比的差異更讓我有所思考，我拿起了筆，用酸朽的腦袋寫幾個矯情的文字，以表示我的苦悶。

「他是個拿著筆的人物，然而，身為一個人物，他必須要有自己的定位，以便在故事裡找個適切的位置，但是基於情節的發展，食骨人必須要有轉變，以保故事高潮迭起。」

五歲那年舉家遷移，現在的我早已忘記在舊家的生活，只能依稀讓幾張泛黃照片去模糊拼湊一些碎屑記憶，但那些早就不重要了，連我自己在家中也少聽聞父母談論以前。隨著年紀的增長，記憶不斷地被替代掉，最後都剩下那些情緒起伏時留下的部分，前幾天，一通電話打來，說沒幾句我就流淚了。

大概是難過吧，只是，如果只是難過這麼簡單，也許在與他見面後的今日，我不會如此地希望他多留一日。

「為什麼要食骨？食骨人吃了那些血的陵墓。在那些撲簌簌的人離開祭拜的墓塚之後，食骨人望著那逝去的照片，相當熟悉的一張臉，他調動腦內許多的記憶而不得，但這些都不重要，他將棺蓋打開，吃個不剩。食骨人在啃食骨頭後，不忘言不由衷地說聲謝謝，重點不是謝謝，而是他覺得這樣子說話，心裡會好過一點。」

身為家中唯一的男丁，母親在三十七歲那年將我生下。三個姊姊，而我是寄託，說實在的，我的生活比起其他姊妹來得富裕，或者說，父母從未讓我飢餓受凍，連我自己都覺得對其他姊姊不大好意思。新家在燈火一街上，五歲那年房租是兩萬元，兩層樓，六個人。家中常見的景色是藥罐子，父親原本希望我承繼家業，畢竟那是他一手打造的事業，後來晚近六十的他，對於我要不要繼承藥材房並不多言，反而希望我可以找到更好的工作，因為藥鋪的生意每況愈下，父親拿著積欠的藥材單向進貨人推託，但是為了做生意，不得不進貨，否則難以維持藥材的新鮮。只是中藥在現代社會一點都不必要，只有在進補時節客人才特別地多。

十歲那年家中做起了別的生意，也搬了新家，距離原本的家大概只有幾十間店鋪之遠。從那天起，燈火一街的繁榮才算正式照亮了我們的生活。在城市另一端事業有成的親戚幫我們搭起了攤子，一塊一塊的鐵板與木板堆在瓦斯爐前，那調配好的醬汁與濃湯依照需求一天一天的送來，我們談好價格，一份七十元的牛排家中抽金三十，算起來是合理的價錢，這就是我們往後十年生活的主要來源。

近晚人群愈多，整個小街熱鬧起來，小街一端賣水餃、鱔魚麵、臭豆腐、關東煮、麵食、雞排，還有一家後來搬到我們家隔壁的魷魚羹。另外一端則是賣蔥油餅、肉圓、滷味、日本料理、麵包、鐵板燒，還有一家便是他們家的牛排攤。小街沒有那麼短，林立的食物更是多元。

牛排店夫妻手腳俐落地煎好每一塊牛排豬排，同時燒熱的鐵板正冒著煙，回頭一問後方的客人要不要加黑胡椒醬，然後上桌。以燈火一街的客流量來說，一天賺上個一萬元不是問題，以賺錢速度來說，這確實是個好賺的生意。但這是後期，在他家初做生意時，一天賺的錢不過就是兩三千，口碑還沒有做好，起初的生意甚是慘澹，同時賺到的錢除了要分出一半多一些給提供原料的親戚之外，剩下的錢要拿來繳房租、電費、水費，是完全不夠的。除卻每月因做生意而多支出的水電費，這個熱鬧地方的房租一個月要四萬二，慘澹夫妻拿著自己過去辛苦存下的積蓄一筆一筆的往外花，原本的中藥鋪早就已經無法再賺得固定的收入，偶爾幫人攪藥製粉所賺得的錢是久旱甘霖的恩惠，積欠的藥材費已達十萬餘，而家中四個小孩正在念書，一個學期的開銷約是十來萬。夫妻趁著夜半孩子睡著時商討未來長遠之計，也只能藉由親朋好友的周轉來渡過困難的日子，因為孩子必須長大，而生活必須過下去。

燈火一街，每到夜晚，便閃爍著多彩的光芒，熙攘人群與叫賣聲。

他在某個下雨的晚上來到附近，或是說，他們來到我家吃東西，也算是我們第一次相遇吧。當雙方母親在介紹彼此的來歷時，我只是盯著他看，畢竟那時候年紀還小，國小四五年級而已。回頭想起來，那時他的臉色相當地白，跟現在完全不一樣，我想是一些歷練讓他變得如此。那同樣的下雨天，而我們已經太久沒有見面了，那些陷落未知境地的時空細節並沒有在我們的談話裡一一重現，用幾句簡單交談之後我們便陷入久寂的沉思，這似乎是我近年來每每與故人見面時，我都會興嘆一些不可追溯的事情，企圖從那些事件裡面得到某些結論，我需要結論。我將手邊正寫下的句子揉成一團，這不是我要的故事，一點意義都沒有。

燈火一街在我們有記憶以來就已經存在，在這區已經生活超過二十年載，從小學、中學到高中。我們對燈火一街再熟悉不過。燈火一街是一個十字路口，凌晨四點，此起彼落的雞鳴聲與小販收拾攤前零亂的時間恰好疊合，這裡沒有白天黑夜，這裡總是充滿喧囂。

十八歲那年，我正要離開家到遠方念書。而他休學了。他母親陷入疾病之中。遠在高中時，他念的就已經是夜間部了，半工半讀，我們連約出來吃飯的機會都很少，更遑論是好好討論彼此未來。我呼了一口氣，茶都冷了。

前幾天家裡來電，聽說母親進了醫院，母親跌倒摔到地上，老骨頭似乎出了一些問題。姊姊打電話來的時候相當冷靜，但我不明白為什麼過了兩三天才告知我，而不是立即當下。我想起上次母親受傷的時候亦是如此，也是過了好幾天家中才來電話，原因是因為母親不吃藥，姐姐說只有我說的話媽媽才會聽，所以要我叫她吃藥，我掛斷電話沉思許久，那時候我在一場研討會的會場上聽讀論文，有那麼一剎那間我感到會場的知識結構徹底瓦解，我撥了通電話回家要母親好好吃藥，隨後在哽咽之際我把電話掛斷，面對那些情緒我飛也似地逃了。父親亦然，幾年前聽說家裡養的小狗在別人家門口尿尿，隔壁人家放話說，如果再看到一次就會踹狗，父親反駁他家的貓也常常跑來家裡睡覺，未料的是，隔壁人家居然大聲要脅並說如果敢碰他家的貓，就連我家的人也踹。

「像是一個小小的種子期望快快長成大樹，但是在還沒有長大的時候，土壤就已經開始腐敗，那播種的農夫從種子發芽起就未曾讓小樹受寒，只是如今農夫已然歸為塵土。」

他是單親的小孩，家裡也是做了一些小生意，有時候我跑去他們家玩，那簡單的木板二層屋，房租一個月是二萬，勉強收支平衡。一樓是做生意的地方，二樓則

是簡單的兩個隔間，一個是他與母親睡的，一個則是透著紅燈光的小桌，上面放著舊照片還有骨灰。他第一次帶我回家就是先看他父親，他點了香告訴他爸爸，這是新交的朋友，我說你很奇怪，幹嘛這樣強調，他說這是一定要做的事情，因為爸爸臨死前就是希望他可以好好的活下來。他爸爸，聽他母親說是討海人，一年到頭不在家，每每半年回來一次，有時候跑遠洋的話就是三年回來一次。可是十歲那年父親的船發生船難，是遠洋，所以回不來。

我與他在埔里夜市邊走邊聊，他問我要不要吃牛排，我盯著夜市賣牛排的人，心中總是有一種特別複雜的感覺，我說好。

那些夜市的菜鳥們為我們端上兩份排餐，我吃到一口便吃到味道不對。是一種深刻的排他感。牛排的味道並不是牛肉的味道，而且一切便開的情況明顯是拼裝牛肉，但是味道會如此不對樣，恐怕是加了一些粉類的東西去讓肉吃起來口感更好，我甚感噁心，因為我家是不會這麼做的。

「你太敏感了，有得吃就不錯了。」

「這些人在這麼說也是賺我父母的錢。不是這樣搞的。」

「在夜市工作很辛苦，你也不是不知道。」

「不過說實在的，一份排餐賣一百元，大概可以淨賺四十元，看他的客流量，總共是二十桌，一個晚上的翻桌起碼有十翻，一桌有四個位置，保守估計一桌賺一百五，那麼十翻就是三萬塊淨利，這年頭夜市真的很好賺。」

「那你家怎麼還沒買房子？你算這麼清楚。」

「你忘了嗎，我們家那邊是精華地段，一間房子是三千萬，再扣掉我們家小孩這麼多，房租這麼貴，原本的四萬二，後來房東打算提高到五萬，原本沒打算要繼續租，但是在那邊做生意做這麼久了，客人都定了，搬走了，天曉得能不能賺到足夠的錢買房子，除非搬家，不然就是貸款買房子，不然什麼都沒有，但與其背著債到處跑。」

「是啊，這年頭房租越來越貴了。」

「嗯。不過說實在的，埔里的地真的不是普通便宜，不過最近也越來越貴了……」

「怎麼，你想買？」

「買塊地好了，這樣我媽也不用辛苦地……」

「你有看到嗎？」

「什麼東西？」

「他們的手上，都有疤痕。」

「是呀，對啊，對喔。」

那些人跑來跑去送餐，前面操著火爐的人滿頭大汗，一邊算錢一邊還要記憶那桌點了什麼，而他們身體的共相就是都有傷痕，這大概是在夜市做生意一貫的印記。我並不是那麼注意食物的味道，而是每每到了這些熟悉的地方，我總是有莫名的鄉愁，我對於這樣的地方，心情若即若離。那燈火一街，在這裡做生意的人們流汗滴進了食材。

「食骨人是自虐的，他每啃一段骨頭，就在自己的手上留下傷疤。但那是早期，後來他不這麼做了，他開了許多熟悉面孔的棺木，把自己身上的血液滴到棺材裡頭，然後棺材就會發出一陣紅光。食骨人完成焚香後的安心感，再悄悄把棺木恢復到封棺前的樣子。」

傷疤，他們有。而他也有，我也有。但誰也沒有打算承認過。

某次回到家中，姐姐們向我細說家中近況。家裡狀況越來越不好，尤其是在對面開了一間新的牛排店，客人都被搶光了，而且對面牛排店過分的是打上便宜的價格，明明已經過了開幕期兩三個月了，結果宣傳紅條還放在上面，而且一個颱風把他家布條吹走了，居然還做了一個新的，表示還有優惠……

聽說隔壁人家的婆婆常常報警說家裡煎牛排會有油味，就算我們家已經做好隔板，他還是會打電話請環保局來。

聽說在過年時候，在外面的大冰箱被別人撬開，所有的肉都被偷走了，偷了四、五萬塊的肉，是可以吃這麼多是不是！我們一度懷疑是附近的人做的。過幾天也聽對面做生意的說肉被偷走的事情，可惡的偷肉賊……

聽說家裡生意越來越不好，雖然大家都已經畢業找工作了，可是藥鋪已經沒有賺錢了，而父親又很喜歡叫貨，每次叫來的藥材又賣不出去，放到過期也不能賣，十年前欠下的錢是十萬多，結果十年後還是十萬多，根本什麼都沒有改變。而且家裡的狀況是屬於收支平衡，姊姊們在謀出路前先在家裡幫忙做事，隔壁人家說他們沒有用，長這麼大還在家裡吃家裡飯，這些話也常在父母親的嘴巴裡繞啊繞的。但是我從來沒有聽過這類關於我的流言。

我放肆地笑了。

「後來火災之後，你就不見了。」

「我確實不見了……，我們可以不談這件事情嗎？」

「不談。」

聽說母親原來有私房錢，從以前賺到現在已經有三百萬了，這倒是我第一次聽說這樣的事情，我驚訝不已。但是隨即內心閃過一絲的念頭是，怪不得母親要我花錢不用節制。也因為如此，有一段時間真的沒有太節制。

關於這些聽說，我幾乎事後才從姊姊口中得知。

想起十八歲那年，離鄉到外念書，母親說著在外面生活要注意安全，吃東西要小心，天氣冷了要蓋被子穿外套……，臨走之前塞了三千元到我的手中。我在車上仔細檢查皮夾裡的鈔票，數裡面有多少錢，然後滿意地拍拍荷包，確實是三千元沒錯。那時候家中姊姊已經畢業而進入就業市場，但是在幼教老師以及國小老師滿額的情況之下，只能勉強補個代課教師缺額，而另外一個學服裝設計的姐姐跑去相關行業工作，唯獨我，正在遠方念書。出遠方的三個月內我沒有打過電話回家，當同儕還在訴說自己有多想家時，我在寢室裡穩穩地拿著書念，那時候手中抓著夢想，深信只要努力就能把握夢想。我並不像是一般小孩那麼思考用錢問題，母親總在幾個禮拜內打電話給我，問我有沒有需要的東西，我總是回答隨便都好，後來寄來的是一箱滿滿的食物，其中有泰半部分我並不喜歡，因為那些對我來說都相當不討胃口，而在箱中某種隱匿的角落，或是某個已經拆封的小盒子裡，母親總在裡面放進三千元，如果正逢生日當月，則是五千元，而每月戶頭裡總是穩穩地匯入了一萬五。

那三百萬是要拿來買房子的，這年頭沒有一棟安身的棲所是很可怕的，起碼有了安身之處，要做生意還可以租個小地方做，賺點錢，也不怕沒有地方住，聽說在城市遠端的房子大概八百萬就可以買得起，算是相當便宜。三百萬可以付頭期款，那是父母親賺了十年存下來的。剩下的就是小孩子的責任了。

「肩膀上的疤痕呢？」

「跟膚色一樣黑了！」

「被熱湯燙到脫皮的皮膚可以曬黑，我怎麼沒聽說過。」

「因為當船工需要用到肩膀，就要曬，就要磨。」

「跑海人唷，有機會我也去玩玩吧。」

「你不適合，看你過得很好的樣子！」

「才沒。最近家裡越來越難賺了。而且我爸走了之後更不用說了，我最近在想

要不要接我媽來埔里，起碼這裡的地便宜，目前的情況可以買地養老，環境也不錯，可以不用擔心住交流道附近的工廠汙染。」

「一年到頭，這條街都在死人。」

「對啊，大概都是過勞死吧我想。」

那年火災，他上完課之後打夜班工，忙到三點多。整條街相當熱鬧，看熱鬧的人很多。在睡夢中我被吵醒，我聽到有轟隆隆的焚燒聲，有人對著我家窗外大聲地喊，說你家後面火燒了，父母親趕緊爬起來，家裡全部的人趕快跑出去，而且不忘拿著積蓄。火源離我們家太近了，幾乎可以燒到我家的屋簷，我祈禱火不要燒到我們家來。過了十分鐘幾台消防車來了，拉水線進入後街但是卻不夠長，只好從我家頂樓直接向下噴水，幾個消防隊員上來把我家弄得潮濕不堪，拉著水線往下噴灑，外圍圍了很多的人，那時候我在屋外看著火焰逐漸熄滅，黑煙緩緩消失，但我卻在一陣凌亂當中看見他站在人群之中望著一連數十棟焚毀的後街木造矮屋。燈火一街，那一帶有兩三個月沒有辦法作生意，因為燒得太厲害，鄉里管委會決定要重建那個地方，花了好幾個月動工。在新屋還沒落成之前，他便向我辭別，他說已經連絡上父親舊友，他要出海，母親在他離開之前拿了兩萬塊塞到他的手上，他哭著答謝後我們就沒有再見面了。

離開家逾近兩年，父親在二十歲那年過往，母親憔悴。

在二十歲之前我左手拿著夢想，右手拿著父母賺的錢往前走，一點也不在意身邊周遭的世界，意氣昂揚地做自己的夢，享受生活，父母給我的生活，我樂於接受。這個世界如此理所當然。燈火一街的生活在他眼前是如此的平凡與自然。那衣食無虞的日子本是我身為家中唯一男丁的待遇，當我向母親要求參加畢業旅行被勸退，無奈國小國中高中，每每怨言。在大家歡欣鼓舞地去旅行時，我領著每個月母親給予的生活費跑到鄰近的電動間玩了整天，然後意興闌珊地回家。我也不需要幫忙家裡的事情，不知道是父母嫌笨手笨腳，還是不希望我做粗重的工作，往往上前陣衝鋒的是三個姐姐。偶爾我在攤前幫忙，內心卻是思考著晚餐要吃什麼東西，趁著家裡客人不多時問了母親一句你想要吃什麼？母親溫柔地說你自己去買，我領著家裡收銀機裡的錢，買了我自己的晚餐，然後走進廚房享用。

母親肩膀的繭越來越厚，甚至擴散到整個全身都長滿厚厚的繭，他們漸漸蒼老的身軀意味著十多年來打滾在燈火一街的勞累，他們的繭身上有重重的油耗味，繭上有著一條條被熱鍋燙燒的疤痕。我的手完好無缺，只有幾個自己不小心受傷的痕

跡。

父親亡後，我聽說父親曾經對三個姊姊說：「你們以後要自己想辦法，就算是買房子，以後也不是登記在你們門下……」

燈火一街的小孩剛出來肩膀就已經有著厚厚的肉，附近的小孩早在國小時開始幫忙家中生意，連我兒時的玩伴早在我吵鬧沒有玩具時，一肩挑起內裡工作。他被熱湯從肩膀燙下時，母親領我到醫院探視他，我只是問他痛不痛，他搖搖頭，連說話都困難。燈火一街，這裡的小孩一出生，肩膀的肉就佔了一公斤，未來會變成繭，那是他們先天而來的優勢，只有磨成了繭，他們的下一代生出來時就是蝴蝶。

「食骨人捕捉了紅光裡孕化的一只蝴蝶，那是他親人的棺木。他看著蝴蝶的眼睛嚎啕大哭，用一生食骨的詛咒換來所有親人的驟死，那是他與死靈達成的協議，原因無它，他想知道什麼時候自己才可以變成蝴蝶，所以他決定殺死親人來換取飛翔的那個瞬間。」

他在離開埔里之前與我相肩擁抱，送給我一只可以植入照片的頸鍊，裡面放了走海時抓到的異國蝴蝶，把其中一片翅膀放到裡面。他說我們都長大了，以後會有自己的未來，大概吧，他自己也不是那麼確定，起碼跑船人的生活他熱愛著。他說，母親離開時手是緊緊環抱胸前，像個蝴蝶破蛹的姿態，但他相信母親是在等待父親的回來。我暗暗地哽咽著。

我說：「你真的長大了。」

「不是這樣的。」

父親死了，母親憔悴，姐姐們有各自的工作，我們在商討如何安穩母親的晚年。我感覺到我肩膀上的胎記開始便萎縮而不是淡化，時至今日，我已經沒有肩膀了，更遑論是要磨成厚厚的繭。

燈火一街，送蝴蝶的男孩，抱憾終身的父親，未安身的母親……

「食骨人在某個際遇之下知道自己的身世，他從冰箱裡翻出幾個已經斑駁的骨頭，在骨頭上磨蹭，他知道這些骨頭與他息息相關，但是他吃了他們。在某個雨天裡，他看到窗戶外頭停留好幾個人影。他深信著，只要一直埋葬又敲開這些人們的墳墓，他就可以變成蝴蝶。」

我撥了通電話給他。

「埔里的冬天好冷，雨很冷，我好想你，我好想家，但是我不知道家應該怎麼走。」

「走路回你埔里的家。」

「很遠。」

「比跑船的五年還要近。」

我走在埔里冷冷飄雨的街頭，我並不喜歡雨。埔里下雨，南部也可能下雨，每次下雨，母親的膝蓋就會犯風濕，燈火一街也會因為這樣而人氣大減，收入只會有平常一半。

我在夜半的埔里繞了好大一圈，走啊走，晚近四點了，那遙遠的燈火一街快收拾完了。

「他得搶在黎明之前變成繭，那麼夜晚一到，他就可以成為蝴蝶。」

雙

中文系二年級　廖珮雯

「假如有一天我們其中一個消失，對這個世界也沒有甚麼影響吧？少了一個還有另外一個不是嗎？這樣一想覺得有點落寞呢。有一天，要是真的死了的話，我還剩下甚麼呢？感覺甚麼都不會存留呢……喂，至少你會記得我吧？」

真的真的好喜歡他啊。

蒼白的手指輕輕劃過照片，央琳的臉上帶著朦朧的、甜蜜的笑，儼然是個熱戀中的少女。

照片上，是個年輕男孩的側臉。被拍到的少年渾然不覺，低著頭專心的看著手上的書。即使只有拍到側臉，也可看出他的長相清秀，微斂的眼眸深幽，輕抿的嘴唇是淡淡的櫻色，捧著書的手修長白皙；並非帥氣得令人側目的容貌，氣質卻讓人感到清新，使人忍不住想親近。

央琳拈起照片，近乎狂熱的凝視著。許久，她緩緩的拿近照片，在少年的側顏烙上一個吻。那神情，就像是在進行一個神聖的儀式，央琳閉上雙眼，小心翼翼的印上柔軟的唇，留下沾著亮粉的淡粉色唇印。

「我，愛你。」細不可聞的，央琳低喃道。

「所以，永遠都要在一起喔！」

喜歡他喜歡他喜歡他，喜歡到自己都無法控制的地步。在初次看到他時，就覺得自己似乎被召喚了。整副心神都放在他身上，隨著他的腳步離開而不再屬於她。就是這個人！央琳記得自己那時激動的無法自己，他的名字會是她今生唯一的信仰，他將會是能得到她全部愛情的人。

明明，只說過一次話呢！但如此迷戀無法自拔，這想必就是命中注定的相遇吧？人們連神都沒有見過就可以奉獻一生去虔誠的信仰，只說過一次話就將她的愛情做為祭品奉獻給他並不過分吧？

溫柔的將照片擁入懷中，少女蒼白精緻的臉上漾出燦爛而甜美的笑容。

她再次閉上雙眼，發出滿足的輕嘆。彷彿只要這麼做，就能感受到照片中的少年溫暖的懷抱。

＊＊＊

季蒼嶽失蹤了。

失蹤的非常突然，就好像他前一刻仍然走在校園裡，下一刻就被外星人抓走那樣的突然。

他的房間還是像他失蹤那天踏出門時一樣的整齊，桌上還擺著他沒帶出門的手機，他的衣櫃裡除了當天他穿出門的那套外全部都在，簡單來說，唯一跟著季蒼嶽一起失蹤的就只有他的隨身背包。

會這麼肯定的原因，是因為住在這個房間的還有另一個人，一個從頭到腳都和季蒼嶽長得一模一樣的人。他和季蒼嶽打從娘胎開始就一起生活二十年，在外人眼中是感情非常好的一對，好到連衣服都混在一起穿。這個人不是別人，就是季蒼嶽的雙胞胎哥哥季蒼嶺。

即使長得那麼相像，認識季家雙子的人卻很少會認錯他們。帶著黑框眼鏡，性格外向開朗，笑起來會燦爛到令人眩目的是哥哥；喜歡安靜的看著書，個性溫和沉穩，笑起來總是客氣中帶著點疏離的是弟弟。這麼極端的個性，即使是剛認識他們的人也不容易認錯。

在季蒼嶽失蹤時，季蒼嶺因腸胃炎而回老家休養一個禮拜。在這一個禮拜中，

原本弟弟每天都會打電話給他，卻在他要回來的前一天失去聯絡，手機打了也沒人接，發覺有些不尋常的季蒼嶺有些擔心，立刻趕回兩人的住處，卻還是連絡不到季蒼嶽。在問過兩人的朋友後，季蒼嶺肯定自己的弟弟出事了。

以季蒼嶽的個性而言，故意鬧失蹤根本就是不可能的事，而他在失蹤前也沒有什麼異樣，排除他自行離開的可能，難道是被綁架了嗎？然而在季蒼嶽確定失蹤後，季家人並沒有接到任何勒贖電話。

試圖找出季蒼嶽最後出沒地點的季蒼嶺，詢問過老師和同學後，確定季蒼嶺失去聯絡的那天有去上課。試圖調閱校園監視器的季蒼嶺卻挫敗的發現除了校門口有錄到季蒼嶽進校門的身影外，校園內的監視器不是沒錄到季蒼嶽就是早已損壞。

一個身高有一七五的大男生就這樣憑空消失在不怎麼廣大的校園內，而後展開地毯式的搜索也沒有找季蒼嶽的蹤跡。季蒼嶺就像一隻無頭蒼蠅一樣，不斷在校園中詢問有沒有人看到季蒼嶽，卻絲毫沒有任何進展。著急、慌張，到最後漸漸的沉默，季蒼嶺竟開始有點像季蒼嶽。

在哪裡？為什麼我感覺不到你在哪裡？

季蒼嶺心中的恐懼與日俱增，蒼嶽的消失對他來說不僅僅是弟弟失蹤這麼簡單。據說每個人在這個世上都有一個靈魂伴侶，但那不一定是你的情人，有的人甚至這輩子都不會遇到。蒼嶺相信，要是靈魂伴侶的說法是真的，那他和蒼嶽一定是彼此的靈魂伴侶。一個眼神就能知道對方在想甚麼，不需要開口就能明白彼此的情緒，就算個性不一樣，也不會造成關係不融洽，反而形成互補；他們之間沒有任何的秘密，這樣的關係就像呼吸一樣理所當然。鏡子照出來的自己還是左右顛倒的倒影，蒼嶺和蒼嶽在某種意義上卻是完全的相同。

心中最理智的一處不段的發出聲音，蒼嶺卻不願相信也不願碰觸，他能接受的結果只有一個：蒼嶽平安的回到他的身邊。

漫無目地的在走廊上徘徊，這裡是蒼嶽最後一次出現的地方。

在哪裡，到底在哪裡？

「同學你好。」

被打斷思緒的季蒼嶺聞聲回頭，一個女孩怯怯的端著一盒餅乾站在他身後。

「要買手工餅乾嗎？很好吃喔！」

女孩的餅乾有著濃郁的香氣，過份甜膩的味道讓蒼嶺覺得有些暈眩。

「這是我們烘焙社自己做的，有很多口味喲，要試吃看看嗎？」說著女孩便從自己的包包裡掏出一袋餅乾，和盒裝餅乾不同的是，袋子裡的餅乾片片破碎、呈現不規則形狀，每塊都只有指節大小，各種顏色混雜在一起，味道也已經難以分遍是哪種口味的香氣。

賣相非常不好的試吃品。顯然女孩自己也這麼覺得，她困窘的看著自己掏出的試吃品，有點猶豫該不該遞出。遲疑了一下，她打開袋口，遞給蒼嶺。

蒼嶺看著那袋餅乾，鏡片後的眼睛微微瞇起，他伸手從袋子裡掏出一塊焦黑色的、看起來似乎是烤焦了的碎餅乾。

女孩再度僵了一下，有些尷尬。卻見季蒼嶺毫不猶豫的塞進嘴裡，細細咀嚼，並在吞嚥後露出愉快的微笑。

「好吃耶！我買了，一盒多少？」

女孩眼睛一亮。

「一盒是一百元。」

付了錢接過餅乾，季蒼嶺笑著說道：

「果然是女孩子比較厲害，我做的餅乾味道都怪怪的。」

「你會做餅乾？」

「啊，我喜歡吃甜的，有時會試著自己做。對了，你們社長是誰啊？」

＊＊＊

女孩有些羞澀的笑了笑，說：

「我就是社長，我叫沈央琳。」

「小琳！」一個女孩朝他們走來，看到季蒼嶺手上的餅乾，開心的一笑，然後拉著央琳的手說：「大家都在等你欸，你太慢了啦！」

「對……對不起嘛！」央琳嗔了女孩一眼，便向蒼嶺說道：「有興趣的話可以來烘焙社看看，我先走了。」

「掰掰。」

目送著兩個女孩離開，蒼嶺依稀可以聽到拉著沈央琳的女孩興奮的說道：

「看吧！就跟你說他一定會買。我朋友跟他同系，說他是甜食魔，超愛吃甜的！可怕的是還吃不胖……」

女孩們的身影越來越小，蒼嶺看著手裡的餅乾，想了一下後打開盒蓋，將所有的餅乾捏碎，每塊大約一個指節大小。不久，餅乾盒裡的餅乾沒有一片是完整的，五顏六色混雜在一起，就像沈央琳的試吃品一樣。

蒼嶺用拇指、食指、中指抓起一小撮送入嘴裡，咀嚼、吞下，平靜的近乎淡然。沒打算再吃，蒼嶺闔上蓋子，彈掉手指上的餅屑，接著掏出手機，快速撥鍵。

「喂，你上次說過你女朋友是烘焙社的對吧？」

「幫我打聽一下烘焙社社長，不，我沒有要追她。沈央琳很正？有嗎？我覺得還好。」蒼嶺頓了頓，又說：

「我只對她的餅乾有興趣欸。」

＊＊＊

季蒼嶽躺在廢棄的頂樓花圃裡，望著天空非常的無奈。

這座廢棄的花圃原本是為美化大樓外觀而設計的，整座花圃是突出外牆、深度大約一公尺，以他一七五公分的身高來說不算深。但前提是他沒被綁住。

真該死，這裡根本沒人會來。這個頂樓就是所謂的校園死角吧！今天是第幾天呢？從他被困在這裡的那天開始，來的人除了那女人，再沒其他人。

該慶幸那女人沒打算置他於死地嗎？至少她會記得每天送點東西來給他吃，雖說，每次吃東西時有把美工刀抵著自己的脖子真讓人不爽，害他吞嚥時都得小心翼翼，怕下一刻那冰涼的感覺就會穿透皮膚深入血管。當然季蒼嶽不是笨蛋，他當然不會把他的不悅告訴那女人，那女人或許是個瘋子但他又不是，誰知道上一刻還拿著美工刀含情脈脈看著他的她，會不會下一刻就翻臉殺了他。

除了吃東西時被美工刀抵著令人不爽外，貼在嘴巴上的膠布一直撕來撕去讓季蒼嶽覺得自己嘴巴快爛了。幸好那女人那女人良心還在，撕膠布時挺溫柔的。

只是可以別用那種看收藏品的眼光看他嗎？那種眼神著實讓人發毛。

季蒼嶽躺在花圃裡，雙手被反綁、雙腳也被綑住，嘴巴則被封住，只能瞪大眼睛望著天空。幸好這幾天都是陰天，他才免過被日曬雨淋的命運。

幸好，有很多「幸好」，他這條小命才能在來救他的人到達之前，仍好好活著。

蒼嶽才不管那女人說甚麼，別人或許不會來，但至少，和他一起從娘胎出來的那傢伙一定會來。

也許是他反抗的眼神太強烈，也可能猜到他在想甚麼，那女人那時捧著他的臉，用憐憫的眼神看著他說道：「不會來的，雙胞胎有心電感應那種事，難道你真的相信嗎？」

「如果雙胞胎真的有心電感應，我姊姊就不會發生那種事，我也不會來不及找到姊姊。」

那女人也有個雙胞胎姊姊啊？而且好像發生不好的事。說這些是要軟化他的敵意嗎？蒼嶽那時暗暗的翻了個白眼，別人怎樣他是不知道啦？但他和那傢伙，絕對沒問題的。

不是因為血緣的關係，而是因為羈絆。一起經歷過的點點滴滴，最後匯集成強烈的情感，將他們緊緊的繫在一起。

當然，要是完全依賴那傢伙來救那不是太遜了？在這幾天裡，季蒼嶽也不是沒想過要自救。

無奈的是，就算他好不容易爬起來，來來往往這麼多人，就是沒有人願意抬頭往上看一眼。他又只能發出微弱的嗚嗚聲，很難被注意到。加上那女人沒事的時候就往這裡跑，他隨時都得躺回去。

某天他曾試圖要把包包拋到樓下，就在他調好角度準備往下拋時，忽然想到這個包包不是他的，要是這樣往下一拋，裡面的東西摔壞……。

他沒被那女人殺死也會被自己的兄弟謀殺。

不過要是那傢伙再不來的話，他真的會拋，他寧可死在自己兄弟手上也不要死在這種地方，死在那個變態女人的手上。

看著微微陰暗的天空，季蒼嶽想到，很久以前的那天，天空也是這樣灰濛濛的。十二歲的他們放學後發現家裡大人都不在，每天固定收看的卡通又因有重要的新聞而停播，很是無聊的他們決定上家裡的頂樓玩。

兩個小毛頭很快就對帶上來的玩具感到厭倦，他們趴在頂樓的欄杆上，有一搭沒一搭的聊著，微微吹來的風涼涼的很舒服，帶著快下雨時才會有的，雨的味道。於是他站上欄杆的基座，背對著欄杆仰頭看著天空。那時候那傢伙似乎警告過他這樣很危險，但他不以為意。就那麼巧一架飛機自他眼前飛過，貪看飛機的他忘記站上基座後欄杆只到他的腰部，仰頭過度的結果就是，他墜樓了。

墜樓的那一瞬間，季蒼嶽有種下一刻會乘風飛起來的錯覺，但是他沒有，他跌落在前院的草地上，伴隨而下的還有另一個重物。

定睛一看，重物居然是他兄弟，兩個小孩就在草地上呻吟扭動著，被聲響驚動而出來查看的鄰居趕緊將他們送醫。幸好他們家是透天厝，沒有很高，這才保住兩條小命。

後來他問他，為什麼要跟著一起跳下來？

那個和他長的絲毫不差的傢伙，一臉不自然的這麼說了，

「那時哪有想那麼多，只是想著不能放你一個人啊！」

今天的天空和那天很像，但不同的是，風吹拂不到他，那傢伙也不在他身邊。該死，為什麼會有點想哭呢？蒼嶽閉上眼睛，不想承認自己有點害怕。

害怕自己真的得孤零零的死在這裡。

「喂，你沒死吧？」

一瞬間，他以為自己終於人格分裂、瘋了，否則他怎麼會聽到自己在說話，明明他沒有開口。

季蒼嶽睜開眼睛，眼前那張和他一模一樣的臉，皺眉看著他眼中卻有些擔心的人，不是他兄弟還會是誰？

見他睜眼，一模一樣的臉孔才微微放心，連忙幫他鬆綁。蒼嶽呆呆的看著對方，懷疑自己在做夢。

一直到被攙扶著爬出花圃，蒼嶽都還有些渾渾噩噩的，見他這樣，扶著他的人沒好氣的說：

「別發呆，難道你想待在這裡嗎？快走了啦，真是的，幾天沒見就變笨了嗎？果然不能放你自己一個啊……」

望著那張靠自己極近的臉，蒼嶽忽然伸手，摘下自家兄弟臉上的那副黑框眼鏡。被他突如其來的動作嚇了一跳，對方停住了叨念。

蒼嶽單手一甩，戴上那副眼鏡，斜睨了自己的孿生兄弟一眼。

「閉嘴，現在我才是哥哥。」他這麼說道。

「是是是，那麼拜託你有點哥哥的樣子好嗎？」扶著他的蒼嶺，不，現在是季蒼嶽冷冷的說道。

季蒼嶽，不，事實上是蒼嶺，搔搔頭，嘀咕道：

「嘖，這年頭弟弟都不弟弟了，也不想想我是因為誰的爛桃花才會這樣……」

「要不是你的餅乾，哪來那麼多事。」

「我也是好心耶，還兇我，哼，要是我死了看你兇誰去！」

蒼嶽扶著蒼嶺手臂的手一緊，沉默了。這讓蒼嶺一驚，有些後悔自己口沒遮攔。氣氛一時顯得有些凝重。

蒼嶽扶著他慢慢走向門口，就在蒼嶺以為他們要這樣一路安靜的回去時，蒼嶽驀的開口了：

「放心，絕對，不會放你一個人的。」

風微微的吹來，沒有雨的味道，但這次，灰濛濛的天空下，又是同一個人陪在自己身邊。

季蒼嶺勾起久違的燦笑。

＊＊＊

「救我。」

那張分明是自己的臉的面孔流著淚水，眼神盡是無聲的哀求。

但是她動不了，只是驚恐的望著。直到橫躺在地上的少女眼神逐漸木然，望向她的眼光呆滯如死。

她眼睜睜的看著少女如人偶一般任人玩弄，充滿惡意的笑聲聽起來很遠，但她可以肯定是趴在少女身上的那個東西、是圍在少女身旁的那些東西所發出來的。那不是人類的笑聲，噁心的感覺在胃裡翻攪著，少女蒼白的膚色在她看來已經變成屍體的死灰，而那群東西，像是爭奪屍體的禽獸。

再也忍不住想嘔吐的噁心感，她乾嘔著，卻吐不出任何東西。她只能閉上眼睛，不去看也不去聽。

那天之後少女消失了，而她，成了背叛者。

央琳從夢中驚醒過來。

冷汗從她的額際緩緩滑下，她坐起身來，只覺一陣驚悸。

她夢到她失蹤已久的姊姊，在夢中和她玩鬼抓人。姊姊在她前頭笑著喊道：「來抓我呀！」，她努力的想追上姊姊，卻在快要碰到衣角時，雙方的距離又狠狠的拉開。姊姊回過頭來，得逞似的吐舌大笑。

那就是央琳印象中的姊姊，一個火焰般的女孩，永遠都是精力充沛、一副天不怕地不怕的樣子。而她，只能站在姊姊身後，聽著父母誇讚姊姊。她從不否認，她非常的羨慕姊姊。

一直以為姊姊會一直站在她的前方，等著她追上。從沒想過有一天，姊姊會從她的生活裡徹底消失，一點殘渣都不存。

所有人都矢口否認她有一個姊姊，就連曾經不斷在央琳面前誇獎姊姊的父母也告訴她，她根本沒有姊姊，央琳是他們唯一的女兒。

「騙人！你們都是騙子！我明明有一個姊姊，她的名字叫沈央晴！」

沈央晴這個名字，讓父母的臉色大變。片刻，媽媽才泛著淚光對央琳說，沈央晴是他們為她生下不久就夭折的孿生姊姊取的名字。

她的姊姊生下來還沒滿月就死了，那那個總是和她在一起分享喜怒哀樂的少女是誰？誰說的才是真的？又或者一切全部都是謊言？

沈央琳再也沒在任何人面前提過她有一個姊姊。我只相信自己的眼睛，她這麼告訴自己，總有一天，姊姊會回來的。

在等待的日子裡，央琳認識季家雙胞胎裡的弟弟，季蒼嶽。她愛上那個少年，沒有理性著魔般的喜歡上他。

不能再失去，這次絕對不會放手。只能是我一個人的，我的！這次絕對不要讓謊言來破壞，誰也別想跟我搶。

央琳對那個溫和的男孩說，她的東西被朋友惡作劇藏在頂樓，她說，那裡很荒涼，她有點害怕，可不可以陪她上去。

季蒼嶽答應了。

一起走上頂樓，央琳說了第二個謊，她說，我的東西在那個花圃裡，但是我勾不到，你可以幫我拿一下嗎？

身高一七五的少年對身高一五〇的少女所說的話沒有懷疑，背對著少女走向花圃。在彎腰的一瞬間，央琳自蒼嶽背後重擊他。

歡迎來到我的秘密基地，央琳對昏過去的蒼嶽微笑說道，從包包裡拿出預藏的童軍繩，手腳俐落的綑綁他，再用膠帶封住少年的嘴巴。

為了這一天，她已經計畫很久，不會再讓任何人破壞。

「對不起，為了保護你，我必須這麼做。」央琳對睜開眼睛後拼命掙扎的季蒼嶽說道，「請你不要掙扎。這只是暫時的，總有一天會想辦法帶你一起走。」

去哪裡？還不知道。可是沒問題的，只要蒼嶽在她身邊。

想到季蒼嶽，坐在床上的少女溫柔的笑了，心中的驚悸慢慢的被撫平。看向窗外，今天也是個陰天呢，希望別下雨。

一如往常的上學，給蒼嶽送去早餐後。身為烘焙社社長的沈央琳，這禮拜有很多事要做。她要帶著烘焙社社員宣傳烘焙社的活動，還要賣他們自己做的餅乾看能不能賺點社團經費。

央琳是在走廊上遇到蒼嶽的孿生哥哥，季蒼嶺。

那張和蒼嶽一樣的面容有些憔悴和疲憊，央琳有些同情的看著他。

姊姊消失的時候，央琳自己也是這樣，她能理解蒼嶺的心情。然而就算再同情，也不能對蒼嶽放手。

走向前向他推銷餅乾，季蒼嶺買不買都無所謂，只是聽說甜食能為人帶來好心情，希望能幫助到蒼嶺。算是彌補一點點她的虧欠。

他說餅乾很好吃，明明那塊餅乾看起來很難吃。聽說季蒼嶺是個好脾氣的人，央琳想，那是一種不願意傷害別人的溫柔吧！

下午上完課，她迫不及待的上樓想告訴蒼嶽關於遇到蒼嶺的事。

央琳快步走向頂樓，疾步走向花圃。

「蒼……」央琳止住未完的叫喚，驚愕的看著花圃裡。

空空的什麼都沒有。

只有被剪斷的童軍繩取代少年躺在那裡，提醒央琳，季蒼嶽確實曾存在於此過。

＊＊＊

惡夢再度重演。

把她還給我、把他還給我！

我重要的兩個人。

央琳失魂落魄的回家，震驚的情緒沒有辦法平復、一種陌生又熟悉的噁心感在胃裡不斷的翻攪著。沒有察覺她回來的母親正專注的盯著電視，時不時隨著不自覺的罵著劇中的反派角色。

央琳無神的走上樓，將房門反鎖。她靜靜的坐在床上，抱著雙膝，望著虛空的眼神沒有焦點。

天色漸漸的變暗，房間的昏暗一點一點侵蝕坐在床上的女孩，然而即使完全被黑暗吞沒，央琳仍舊一動也不動。

直到母親的叫喚聲自樓下傳來，她才僵硬的起身，下樓。

晚餐到底吃什麼，央琳並不在乎，事實上，央琳完全沒注意筷子夾的是什麼，也沒注意塞進嘴裡的到底是什麼，只是機械式的重複做著夾菜、塞進嘴裡、咀嚼、吞嚥這些動作。

察覺到她不太對勁的母親在她夾起一根辣椒塞進嘴裡時終於說話了：「小琳，你怎麼啦？怎麼那麼心不在焉？」

父親也停下筷子望著央琳。

「沒事。」央琳漠然的說道。

「都吃到辣椒了還沒感覺，這樣也叫沒事？」

「就說沒事了！」

「到底是怎麼啦？我們家小琳今天火氣這麼大？」央琳的父親放下筷子，關心的問道。

央琳低下頭，沉默不語。

「說啊，有什麼心事都可以跟爸媽商量。」

「我的姊姊到底去哪裡了？」只比耳語大聲一點點的話語自少女口中一字一句的吐出。

「什麼？」

「我說，我的姊姊到底去哪裡了？她到底怎麼了？你們把她藏到哪裡去了?!」

央琳揚聲，嚴厲的質問道。

「怎麼還再說這件事？」父親蹙眉看著她，「已經跟你說過你姊姊早在你們剛出生不久就……」

「說謊！姊姊明明和我一起長大！你們怎麼可以昧著良心說你們自己的親生女兒一直以來都沒活著！」央琳衝著父母大吼。

央琳的母親蒼白著臉瞪著央琳，像是從來沒有好好看過這個女兒一樣。

「那是你自己幻想出來的。」她的母親幽幽的說道。

「大概是你五歲的時候吧，你突然開始說自己有一個姊姊。一開始我們以為你只是寂寞，所以沒有很在意。加上你似乎很崇拜你口中的『姊姊』，總是說姊姊有多厲害。我們覺得如果這個姊姊對你有正面的影響也沒甚麼不好，所以才會在你面前誇讚你所謂的姊姊，希望你能像你口中的姊姊一樣好。」

「正常來說這種幻想應該要在長大後停止，但是你一直都沒有停止你的幻想救你的姊姊；等到睡了一覺醒來，你想，可是除此之外你都很正常，我們覺得你大概只是太孤單，所以也沒有阻止你。一直到你發生那件事。」

父親別過臉不去看央琳，母親慘白的臉上緩緩淌落一行淚。央琳瞪著母親，意識到她長久以來想知道的真相終於要揭開。

「把你救回來後，你卻像是什麼事都忘了，只是一直哭著說，你沒有辦法連姊姊發生的事都忘記，只是一直問姊姊去哪。醫生說，那是一種創傷。我和你爸爸都認為，與其讓你想起那些事情，不如乾脆否定『姊姊』的存在，斷絕所有你會想起來的可能。」

央琳咬緊嘴唇，所有的血色迅速從臉上褪去。

「雖然不知道你是從哪裡知道你姊姊的名字，但你的確有個姊姊，和你同一天出生，卻沒有辦法像你一樣長大。小琳，求求你，不要再去想這些事，想起這些事，對你又有什麼好處？就這樣忘記吧，是我們不好，沒有好好的保護妳。」母親泣不成聲的懇求，卻在央琳的心中投下一顆震撼彈。

原來，這就是真相。

央琳有點想笑，卻又不知道為什麼會想笑。是被自己的眼睛欺騙的自己很可笑吧？她更用力的咬緊嘴唇，淡淡的腥味在口腔蔓延開來。

再也忍耐不住反胃的噁心感，央琳衝進廁所大吐，父母慌張的叫喊在她耳邊聽來格外不真實。模糊中，央琳看到姊姊冷冷的看著她。

也或許，是她冷冷的看著自己。

＊＊＊

隔天，央琳像什麼事都沒發過一樣照常去上學。

但是她蹺掉所有的課。

靜靜的站在巨大的水塔前，央琳盯著來到這樓頂的唯一入口，精緻有如洋娃娃的臉蛋不帶任何表情，只是死命的盯著。即腰的黑髮隨風狂亂的飛舞，此時的少女詭魅不似人類。

向認識季蒼嶺的同班同學要了季蒼嶺的手機號碼，央琳傳了簡訊一封簡訊。

「頂樓，我等你，把他還給我。」

央琳知道，季蒼嶺一定會來，這是她最後的機會。

在她的注視下，季蒼嶺修長的身影出現，看到央琳的瞬間，蒼嶺露出一個極度燦爛的微笑。

「沈央琳同學，找我來這裡有甚麼事嗎？」

央琳盯著他，忽然委屈的癟了癟嘴。

「把我的東西還給我。」一點央求、一點委屈，再加上一點撒嬌，簡直讓人不忍拒絕她。

季蒼嶺沒有絲毫猶豫的搖搖頭，溫和的說：

「偷東西是不好的行為，他也不是物品。」

「我沒有偷。」央琳嘟著嘴，控訴似的瞅著蒼嶺，「你才偷走我的愛情。」

「我偷走你的愛情？有嗎？」似笑非笑，蒼嶺淡淡的說道，「兩情相悅才叫愛情，我最多是毀掉你的單戀吧。」

央琳眨眨眼睛，低下頭，孩子氣的用鞋尖在地面上畫著圈。

「那是因為他們的愛都不夠多，必須兩個人都付出才能成就戀情。我的愛是雙倍的，當然能稱為愛情。」

「可惜的是，你愛的不是他，他也不愛你。別說雙倍，你的愛情，根本沒有存在過。」蒼嶺溫柔的笑道，眼裡卻不帶一絲笑意。

「誰說我愛的不是蒼嶽，蒼嶽也從來沒說不愛我！就算你是哥哥，也管太多了呢，難道你也喜歡我嗎？」央琳俏皮的笑道。

「那麼，你知道我是誰嗎？」

「我當然知道你是誰，你是季蒼……」快要脫口而出的最後一字卻硬生生的吞回去。央琳無辜如小動物的眼睛睜大，不敢置信的看著季蒼嶺。

季蒼嶺慢條斯理的拿下眼鏡，將原本有點凌亂的頭髮用手指隨意的梳了一下，燦爛的笑容已經消失，取而代之的是客氣疏離的微笑和冷漠的眼神。

眼前的人分明是季蒼嶽。

「我是誰呢？沈央琳？你這麼喜歡他，怎麼會連我是誰都不確定？」

央琳怔怔的看著眼前的少年，一句話也說不出來。

「嗨。」

一模一樣的聲音在少年的背後響起，央琳甜甜的笑容已經支撐不住，只能看著另一個少年走到少年身邊。那張溫和如水卻也疏離冷情如水的熟悉面容分別出現在兩個少年身上，兩個季蒼嶽用一模一樣的神情看著她！央琳只覺得一陣暈眩，究竟誰是誰？

「你是誰？」央琳這麼問道，但連她自己都不能肯定，她問的對象是兩個少年中的哪一個。

「我是誰，你不是最清楚嗎？」絲毫不差的相同聲音異口同聲道，「你不是說，喜歡我？」

央琳盯著他們兩個，表情漸漸的冰冷。

「我本來，想好好說的。」

「能好好說的話你幹嘛動手動腳。」甫進來的少年哼道，「我被關的這幾天你怎麼不和我好好說？」

「季蒼嶺，給我閉嘴。」

央琳卻被那句話震撼了。

「怎麼……會……」央琳顫抖的指向他們，「你們……」

「就是你想的那樣沒錯。」季蒼嶺戴上眼鏡，好整以暇的看著央琳。

「你綁架我的那個禮拜，蒼嶽因為吃了我做的餅乾結果得腸胃炎啦！可是好死不死那禮拜他必須要上台報告，我只好跟他交換囉！雙胞胎的好處就是這樣啦！尤其我們長的那麼像，大家只能靠穿著和個性來分，像是我有戴眼鏡，而蒼嶽很安靜之類的。這種既定印象反而有利我們交換身份。」

「季蒼嶺，你沒說話沒人當你是啞巴！這次的教訓還不夠嗎？」

蒼嶺縮縮脖子，躲到蒼嶽背後。

蒼嶺安靜之後，雙方沉默的對峙著。央琳迷惘的看著他們，許久，她輕輕的問道：

「你是怎麼發現他在這裡？」

蒼嶽不語，就在央琳以為他不打算說話時，蒼嶽淡然的回答：

「那袋餅乾被那傢伙做手腳了，你沒發現吧？」

蒼嶺從蒼嶽背後探出頭來，被蒼嶽瞪了一眼，又縮回去。

「繼續說。」

「那傢伙吃餅乾時有個怪癖，他喜歡把各種口味的餅乾弄得很小塊，混在一起後再吃，這就是你的試吃品為什麼會變成那樣。再加上……」

「加上什麼？」央琳靠著水塔，單薄的身影彷彿沒有水塔支撐就會癱軟在地。

「他在裡面丟了自己做的餅乾。那塊黑黑的東西就是他的傑作，化成灰我都認的出來。」

「是什麼時候？」央琳問道，卻不是對季蒼嶽。

「你帶那包上來的那次，有一通電話打進來，為了不讓我聽到，你把餅乾放在花圃上就去接電話了，我把餅乾勾下來，用膝蓋壓碎。因為我很喜歡吃甜的，包包裡有放我自己做的餅乾，還好放在外袋，不需要拉拉鍊就可以拿到，就趁這個時候先拿在手上。你回來時我本來還擔心你會注意到那袋碎餅乾還是我手上的餅乾，幸好你都沒發現，還打開說要分我吃，可是你打開時電話又來了，就是趁這時候丟進去的！」

「這是一個賭注，賭你不會發現，賭有人會因為『季蒼嶺』愛吃甜的而向他推銷，而我賭贏了。」

而我輸了，於是失去第二個重要的人。央琳自嘲的彎彎嘴角，不發一語。

「我不知道你為什麼會喜歡這傢伙，不過這種愛人的方式是不對的，你那麼正，將來一定會有更好的對象！不要這麼偏激，會把好對象嚇跑的。」

「他說，我的餅乾很好吃。」

「呃？」

「我剛進烘焙社時，第一次做的餅乾明明很醜、還有點焦掉。要拿去丟掉時被蒼嶽看見，他說很可惜，就拿去吃了，還說很好吃。」央琳回憶著，帶著朦朧而溫柔的淺笑。

季家兄弟面面相覷，蒼嶽完全想不起來有這件事，蒼嶺卻皺著眉頭苦苦思索，半晌，他啊了一聲。

「那個，抱歉，其實那次，是我……」

央琳的臉色一片死白，沒有完全消失的笑意變成苦笑。

「是嗎？我早該想到的。」

和央琳不同的是，蒼嶽的臉黑了一半。

「季蒼嶺，我覺得我們該好好溝通一下。」

「我又不是故意的。就真的很浪費啊……」蒼嶺哀怨的嘀咕道。

「既然誤會都解開了，我們跟你也沒什麼話好說，希望你好自為之，不要再做這種事了！」

望著蒼嶽揪著蒼嶺走下樓梯的背影，央琳久久不能動彈。上課的鐘聲響起，她仿若未聞。

恍惚的踏著蹣跚的腳步，央琳走向花圃旁的圍牆，沒有花多大的力氣便爬上去。她俯視底下。

啊，一切都變得渺小。

父母說的話、季家兄弟的臉、橫躺在地上的少女，在腦海裡像跑馬燈一一掠過，最後匯成一個決定。央琳深深的吸一口氣。

她要和自己賭一賭。

沒有絲毫猶豫，央琳往前一傾，寬鬆的袖子冽冽作響，像是她美麗的翅膀。

隨著一聲巨響，少女四肢呈現不自然扭曲，趴倒在地，像是壞掉的洋娃娃。

央琳感覺自己的眼前一片鮮紅，卻又覺得自己飄浮著，從窗外注視著正在上課的季家雙子。

被浸在鮮紅裡的季蒼嶺和季蒼嶽正避著台上的教授竊竊私語，季蒼嶺不知說了什麼，讓季蒼嶽忍不住笑了。

不是客氣疏離的笑，是溫柔、真誠且開心的笑容。

不，說不定笑的人是季蒼嶺，央琳想。

眼中的鮮紅漸漸淡去，央琳發現自己不再看著季家雙子，而是正在俯視自己。

人群驚恐的將她包圍，卻無人敢靠近那緩慢擴散的赤色。

央琳咯咯的笑了起來。真好，即使我的愛既可悲又可笑，我還是可以送你、你們，一朵漂亮的花。

名為沈央琳的玫瑰，花語是「雙」。

贏了賭注總是要有獎品的，還喜歡嗎？我送的禮物。

那麼我會得到什麼呢？是盛開亦或者凋謝？

真期待啊。

歷史系一年級 葉佳儒

序曲 「事件」的開端

位於全島人口第二多的桃園縣，設立了北區與南區警察分局，負責維持整個桃園縣的治安，於日本統治時期成立，而南區警察分局設立在熙來攘往的火車站附近。第二次大戰以兩朵蕈狀雲作為此段歷史的終結，日本所留下來的警察局就由國民政府來繼續運作。

接續四十年後的桃園，受到黨外民主浪潮的影響，市民為了反彈政黨獨大的政府，把票投向聲望高漲的黨外候選人，然而南區分局不知為何接收了未開票的選票箱，引起市民的猜疑，抗議政府為了扭轉黨的選情而把民眾的冀望給抹殺，進而包圍了南區分局。激情的市民，縱火焚燒南區分局。政府迅速派出鎮暴部隊，進而引發一連串悲劇。為了平息市民的怒火，政府有效率的把南區分局的成員改組，轉調進來的警察都是一時之選，城市的暴亂得以解決。由於菁英進駐分局的關係，犯罪率有效的降低，治安提升至前所未有的層次，獲得了全島第一分局的美名。直到某個令社會震驚的案件發生，讓南區分局的警員措手不及，辦事能力遭受到質疑……。

第一幕　調查「事件」的人們

一

一名穿著警察制服和繡著「偵查隊」三字深藍色背心的警員，年約二十四、二十五，穿著整齊，但是頭髮理的像是刺蝟一般，是似乎想吸引女性注意的頭型。

資料處理室，年輕的警員打開了房間的門，一進去便是一陣連珠炮。

「唉……什麼案件不好發生，偏偏就是天理不容的連續殺人案件……，身為偵查隊隊員的我，忙得焦頭爛額，卻僅得到一點線索。沒有調查出真相，就要被市民罵到臭頭，唉……這年頭當警察真是吃力不討好，你說是不是啊，顏大哥。」

年輕警員拉了一張房間內的椅子，以相當隨意的姿勢坐下。

年輕的警員口中的顏大哥，正是坐在資料處理室的辦公桌，頭髮有些微禿，戴著老舊款式的大鏡片眼鏡，看起來有些福態，年約五十好幾，正專心做著檔案資料管理的工作。

「家維你給我聽清楚了！吃公家飯，薪水少了點，受到市民的責難，還是得認命去做。偵查隊不是像你這種菜鳥隨便混就混得了的職務，既然上層給你機會，就給我好好做！還有，跟你說多少次了，坐要有坐相！」顏大哥低沉富有磁性的嗓音，讓人有種歷盡滄桑、看盡人生百態的感覺，頗具威嚴。

「顏祺信老兄，別這麼嚴肅嘛……，你看看你皺起眉頭都不知道可以夾死多少蚊子了……，調查隊的工作你年輕時也做過，應該了解我的辛苦所在吧」年輕調查隊警員家維如是說。

「少來跟我吐苦水，啊…都這個時間了，我差不多要去外面跟人喝杯咖啡了」顏大哥開始收拾辦公桌桌面。

「喝杯咖啡？是跟叫晏庭的高中學生妹談心吧，年紀一大把還想吃嫩……，不……我意思是說，你什麼時候開設青少女煩惱諮詢時間了？」家維講了些挖苦顏大哥的話。

（其實顏大哥你是想滿足擁有女兒的感覺，以彌補有兩個兒子卻沒有個女兒的缺憾吧……嘻嘻）

「吳小弟阿……」沒想到甫才的低語都給顏大哥給聽到了，顏大哥的臉色一沉，拳頭握緊發出喀拉喀拉的聲響。

「啊！我巡邏的時間到了，我先走了，顏大哥下次見！」家維發現情況不太對，趕緊打開資料處理室的房門逃跑。

看著這副場景的顏大哥，簡直哭笑不得。身為調查隊隊員的家維，根本沒有巡邏的勤務，胡謅藉口的技巧也太爛了吧！

看著手中待整理的資料，祺信遙想著當年。從前線退下來後，一直待在資料處理室整理卷宗資料。我到底要在這逃避到什麼時候，沒有面對的真實的勇氣的我，真是令人厭惡……。

顏大哥關上資料處理室的門，走出南區分局，朝著約定好的地點前進。

二

家維漫無目的的走在商店街，急忙從分局裡跑出來的他，只拿了件外套披上。心想著為何自己的嘴巴老是控制不住，毒舌讓他無法繼續待在分局裡稍作休憩，畢竟惹火顏大哥可不是鬧著玩的。

偵查隊的工作時間是跟一般工作一樣朝九晚五，可是家維對自己的自我要求，若不是把案子的真相，調查得水落石出，決不善罷干休，因為心裡的大石頭會沉重得讓他喘不過氣。每個案子背後都有每個人的人生，被另一個人迫使中斷，而我們偵察隊的任務就是查出真相，揪出加害人，給被害人有個交代。

剛進入偵查隊的時候，滿腔熱血的我，篤信沒有破不了的案件的理念。隨著接觸的案件越多，就越發現自己的無力，解決不了的謎團、線索的缺乏，一再的打擊自己的理念。兇手得以逍遙法外，不但使得公權力蒙羞，受害者的靈魂也無法得到安息。自己心中的正義，就這麼點程度嗎？顏大哥經常碎碎念的話語又在心中回響：「對於無法破案的案件，不要太過於鑽牛角尖，公權力制裁不到，老天遲早會收的。世界上不存在真正的『完全犯罪』，身為人一定會犯下過錯，犯人會留下蛛絲馬跡。可是呢，我們也是人啊！我們也會不斷的犯錯，不斷的與線索錯過，與真相擦肩而過……。」

不知不覺的自己已經身處在一個批發賣場，賣場裡到處都是為了買各式各樣用品而聚集的學生們。若是這次的案子，兇手若是抓不到的話，下次的受害者不知道會是誰，可能是這賣場裡的學生、抑或是每日通勤的上班族呢？最近發生四起的殺人案，看似都是一件件個案，但這四起案件都有巧妙的關聯，兇手應為同一人，是一起連續殺人案件，可是掌握到的線索卻只有兇手以被害者的血所留下的訊息。

第一名被害人是名男性，叫做郭桂彰，是名牙醫，在市區開業幾十年，在住家附近的公園的草叢中被發現，死因為頸動脈破裂，大量流血致死，在屍體旁發現兇手所留下的字樣「M」；第二名被害人為女性，叫做柯皓庭，是名家庭主婦，在果菜市場的最深處被發現，死因為窒息而死，根據脖子上的勒痕，可能是麻繩之類的繩子造成的，在屍體旁留下了用鮮血所寫的「I」字；第三位被害人是名男性，彭裕鈞，是名退休軍人，由於是獨居老人，直到社工到家關心，才發覺老榮民已氣絕多時，死因為窒息死，研判是用枕頭之類的物品，蓋住老翁的口鼻造成窒息身亡，在屍體旁發現了「Y」字；第四位被害人，叫做鄧依潔，是名退休多年的教師，在下班的家人發現坐在客廳的椅子上，已經出現屍斑，在屍體旁發現了「L」字。

這四起案件的動機，很明顯都不是因為錢財的原因，引發了殺機，因為從屍身上的財物都沒有被取走的跡象，都保持的完整，這四位被害人也都沒什麼與人結怨。從此推斷，這是一起無動機殺人案件，破案難度相當的高。因為沒有動機，也就無法鎖定辦案方向，或是設定可能的犯案嫌疑人選。若是有動機的犯罪，很高機率都可以破案，像是擁有巨額保險的被害人，針對保險受益人調查都能有很大的收穫。這種類型的犯罪從美國開始，再來是日本發生，沒想到我們國家也開始有這類的犯罪。兇手用被害人的鮮血留下來的訊息，分別為，「M」、「I」、「Y」、「L」，這其中的關聯性到底是什麼，若是以英文字母排列成為單字的意思的話，以目前的字母能組合的單字，並沒有任何文意，代表犯人的犯行仍會持續下去。

家維突然感覺有人在抓他的肩膀，受到驚嚇的他，瞬間反應就是抓住對方的手，順勢來個過肩摔！突如其來的過肩摔舉動，引起在批發賣場的學生們的側目，探頭探腦的看看發生什麼事了。家維回神定睛一看，那被摔倒在地上的人的臉，感到非常熟悉。

「學長……，你為什麼要對我過肩摔……嗚……」

沒想到是警校時代的學弟，叫做彭冠豪，因為才畢業沒多久，理著平頭的髮型，身上穿著休閒服。真是失態，身體自然的反應竟然造成令人尷尬的後果。圍觀的學生越來越多，無數雙眼睛都盯著家維與倒在地上的學弟瞧。家維突然靈機一動大喊：「警察執行勤務，大家讓開！這傢伙是煙毒犯，很危險，請大家讓出條路！」

家維說著便拿出了手銬，銬住了躺在地板上的學弟，連拖帶拉的，匆忙的突破圍觀的學生們，逃離令人尷尬的現場。

從批發賣場出來後，就一直跑著，跑到停下來時，已經在因上課時間沒什麼人的補習街了。

「冠豪，真是抱歉，誰叫你突然嚇我，然後我被嚇到的自然反應就……」

「太過分了，學長！在批發賣場巧遇你，想跟你的個招呼，你卻沒回應我，我就試著拍你肩膀，想讓你回神。沒想到你就直接賞我個過肩摔，還把我銬上手銬，說我是罪大惡極的煙毒犯，學長你實在是太沒有良心了……。」冠豪向家維抱怨連篇，似乎沒有停止的跡象。冠豪的最大缺點就是一旦講起話來，沒人打斷他就會一直講下去。一件事可以扯到天南地北，什麼事都可以扯上關係。

家維心想：冠豪你就別當什麼警察了，趕快去唸點書，考個律師執照進入司法界，憑你的口才及能力，絕對有辦法在律師界中闖出名號的。

「所以說世界之所以不安定，恐怖攻擊活動的發生，都是因為有學長你這種人……」

「夠了，你就別再唸我了！請你吃頓晚餐當作賠償如何？」再不打斷他繼續講下去的話，我可能還會被說成二零一二世界末日發生的元兇。

「哼，這哪夠補償我心靈與肉體上的創傷。我今天值的是晚班，學長你必須陪我工作到早上，直到我下班為止。」

「好啦！我今天晚上陪你值班總可以了吧。」家維心裡發出哀嚎，今晚沒得休息了。

「今晚看不見星星，都被烏雲遮住了呢。」冠豪看著天空，感嘆道。

「恩……是啊，城市裡的光害加上熱島效應產生的烏雲，使我們在城市裡很難看到星星。」那片烏雲就像是城市裡產生的黑暗，遮掩著市民的星光。而我們的任務就是驅散烏雲，讓發光發熱的星星重現在我們眼前。若是我們動作不再快一些的話，就會有更多星星殞落。

然而犯下這一連串殺人事件的兇手，是基於好玩的理由而殺害被害人呢？還是什麼理由都不重要，一個喪心病狂的罪犯的傑作？在你的眼中，人的生命是如此沒有價值的嗎？家維向不知道躲在何處的兇手吶喊。

身為警察只能被動的等待下一個案件的發生，蒐集更多線索以逮捕犯人，如此消極的辦案方式，只會有更多人犧牲。我現在到底能夠做些什麼？貫徹屬於我心中

的正義，是我入警界前，對自己心中的期許，也是我當警察的唯一理由。

家維不再迷惑，為了市民的安全，自己一定要打起精神，主動出擊，揪出不知為何人、躲在何處的罪犯！

第二幕　捲入「事件」的人們

一

一名穿著米黃色為主體的制服、深藍色百褶裙的女孩，從學校上下學都必須搭車程約三十分鐘的校車往返。正值放學時刻，少女正搭乘校車從位於北區的學校，回去南區的市區。少女的神情相當的黯淡，一個人畏縮在校車的底部。少女給同年齡的學生們的印象，不會是「正點」或是「很美麗」，而是「可愛」與「清秀」。那惹人愛的臉蛋，配上風隨時都可能把少女吹走的纖細身材，不知擄獲多少情竇初開的少年們的心。而現在少女表現出落寞的神情，直叫人不禁想把她擁入懷中，好好的安慰她。

校車抵達市區的火車站附近，少女從校車走出，來到了一家以咖啡品質著稱的連鎖店。少女的懷著忐忑不安的心情走入店中，焦慮心情油然而生，但是少女已經決定不再逃避，去面對真實。少女看著咖啡廳深處，坐了一名頭髮微禿，白髮還不少的中年男子，這副模樣並沒有讓人感覺到衰老氣息，是在於這個男子臉上看起來並沒有任何老態，充滿精神，眼神相當的銳利。少女知道他是名警察，而約在這家咖啡廳見面也是這位警察的主意，少女在中年警察前坐了下來。

「劉戀琳同學，你好。若是你今天仍然不想談的話，也沒關係的。跨出第一步，總是需要有很大的勇氣的。要不然我請客，先喝杯年輕人喜歡喝的星冰樂再走也不遲。」中年警察露出了和藹的笑容。

「警官先生，我決定要把事情告訴你。」戀琳的眼神從原本的黯淡轉變為堅定。

「叫我『顏叔叔』就行了，別叫『警官先生』這麼拘謹。」顏叔叔說他下班後，就不是以警察的身分行動，要不然就會約我在警察局談。

「顏叔叔，既然我決定要踏出這一步了，縱使路的盡頭是名為『絕望』的終點，我也會堅持挺住的。但是我也要要求顏叔叔，能給我相應的情報與回饋。」

「好的，我答應你的要求。」顏叔叔直率的回應，一點都不拖泥帶水。

「關於蔡宇翔⋯⋯」

關於蔡宇翔，他與我一同長大，我與他是青梅竹馬的關係。我們八歲開始在同一個小學、同一班上課。從三年級時我們才漸漸的熟稔起來，這時我才注意到不管怎麼分班，我們始終在同一個班級一起學習，甚至進去國中後也是分進同一班。我從小的時候就很喜歡找宇翔一起玩，他總是有很多好玩的點子，跟他在一起永遠都不會感到無聊。宇翔他這個人很貼心，總是能察覺我的心理狀況，在我心情不好的時候，逗我發笑。當我有值得高興的事情時，他也為我感到開心。宇翔他家，是間超大的房子，還有相當大的庭院，擁有非常優渥的生活環境。但是宇翔從小就得自己打理一切，因為宇翔的父母親常年在國外工作，基本上都是宇翔獨自一人生活。

我考高中升學考時，因為當天的我太緊張，導致我考試失利，只能唸縣立高中。宇翔使勁的安慰，當時我哭著跟他說要分離了，不能在同一所學校、同一班一起念書了。宇翔考得相當不錯，成績可以上台北的建國高級中學唸書。每當我一想起我們要分開彼此，我就會難過的一直啜泣，他總是在一旁陪著我。當高中入學的那一天，我走進學校安排好的班級時，看見了宇翔若無其事的從我身後出現，幫我把書包拿到座位上去。我感動得說不出話來，宇翔他放棄進入每一位男性國中生，都夢寐以求的學校，反而到縣內一所不起眼的縣立高中，就是為了陪伴我。

但是一個禮拜前，宇翔他開始沒有到學校，課也不上了。我試著打他的手機，結果都是語音信箱，打到他家裡電話，始終進入答錄機的狀態。而我跑到他家時，他家的大門深鎖，從外面也看不出來裡面到底有沒有人，按門鈴也沒有人應門。宇翔他失蹤了……，我心裡潛意識是這麼告訴自己。可是我只願相信宇翔他只是在外頭玩過頭罷了，一定是這樣的。顏叔叔你打電話約我談宇翔的事情，我仍然在逃避。但是這一兩天，我焦慮得無法吃好睡好，心裡總是想著宇翔是不是出事了，才決定面對這事情的一切。

「顏叔叔，你是否能告訴你們警方所知道的線索？他到底現在好不好？」戀琳壓抑著自己的情緒，聲音有些許顫抖。

「首先，我所知道的線索，不是關於宇翔的行蹤，而是其他方面的線索，而且並沒有上報到負責這案子的專案小組去。」

「劉戀琳同學，妳最近是否有在注意新聞？最近有一起連環隨機殺人案，鬧得人心惶惶，政府被民眾罵無能，而我們南區分局被貼上無能的標籤。」顏叔叔的臉色沉了下來。

「我發現蔡宇翔在這一連串命案的現場，案件發生後，都有發現宇翔在附近徘個……。」

「難道是……不會吧……您到底在說什麼？」戀琳的臉色愈來愈蒼白，她的情緒已經瀕臨到崩潰的臨界點了。

「也就是說，最近你的青梅竹馬為何突然失蹤，所以蔡宇翔就是……」

戀琳聽到了最不希望聽到的一句話。

二

一名年約十六、七歲的少年，體格不胖不瘦，沒有參加運動社團的他，身上也沒有什麼肌肉，戴著一副黑色的細框眼鏡。給人感覺的印象就是符合老師期望的乖乖牌，功課相當不錯的好學生。時間到了晚上十一點二十三分，少年仍然在火車站對面的一間網咖，玩著一款以日本戰國時代為背景，扮演遊戲中的歷史人物，進行戰爭的遊戲。少年操控著遊戲中的角色，打著歷史上不存在的戰役。少年雖然在玩著電玩，但心卻不在那虛構的戰爭上。

永遠無法忘記那一刻發生的事，少年覺得那情景在腦中，像壞掉的錄放影機，重複播送著相同的片段。看見自己喜歡的女孩被他人擁抱住的瞬間，他的世界開始土崩瓦解，失去了所有的一切。當下少年轉頭逃跑，沒勇氣聽見她親口告知的事實，想逃去沒有人知道他的地方。少年不明白，自己為了心愛的女孩，奉獻出自己所有的一切，但是她卻一點都沒有感受到，終究投入他人的懷抱。那畫面狠狠烙印在少年的腦袋深處，他終於明白自己所做過的努力都是白費力氣。少年的心有如碎裂的玻璃一般，撒滿了一地。少年無法恨那名佔有他生命大部分的女孩，她的笑容曾治癒他的受傷頗重的內心。

優秀的父母對自己深深的冀望，資質平庸的少年無法回應他們的期許，他的才能連父母的一半都達不到。在他們眼中的少年，卻是以一種抱錯孩子的目光看待，對少年失望透頂的父母，連正眼都不曾瞧過一眼。少年的父母給他一筆不小的生活費後，立即出國不曾再回來過。這就是少年所生活的一切，回家面對空蕩蕩的房子，什麼家人、家庭的溫暖，對少年來說都是諷刺。對這一切深深感到的絕望之時，女孩的出現，漸漸走進他的生命之中，使他看見在絕望中的一絲希望。她的笑容，讓他暫時忘記那殘酷的現實，撫慰了他的心靈。那時的少年曾下定了決心，為了不讓笑容從女孩的臉上消失，要用自己的一切，誓死去守護女孩的笑容。如今，這份笑容已經不屬於他自己，而是另一名男孩。不能夠再喜歡她，也無法恨她，突然身後被捅了這一刀，這傷勢痛得讓少年幾近無法呼吸……。

網咖的廣播系統突然響起，是年輕的女性聲音：「親愛的顧客大家好，為了配合警察深夜臨檢，請各位顧客出示身分證明文件，謝謝各位的配合。」廣播的聲音剛結束，就已經可以看見兩名警察已經開始對店門口的顧客進行公務。少年仔細看了那兩位警察，一名理著平頭，看起來一副大學生的模樣。另一名警察則是頂著國中生才會去理的刺蝟頭，大概二十四、五歲吧，兩位警察都蠻年輕的。不過，他們必須在深夜值班，想必都是些階級低的基層警察吧，少年心裡想著。沒過多久，兩位警察已經來到他的身邊。

「同學，把身分證件拿出來。」那名理平頭的年輕警察把手伸了出來，少年只好拿出他高中的學生證。

「你的名字是蔡宇翔……嗯，喂~你根本還沒滿十八歲嘛，趕快回家去，別在深夜逗留在網咖。」理平頭的員警語氣十分嚴厲。

「好的，警察先生，我現在就回家去…」宇翔拿走他的學生證，就直往店門口走去。

「給我等一下！」這次說話的是那名裡刺蝟頭的警察。

宇翔不解的轉頭看著那名叫住他的刺蝟頭員警。

「你玩的那款遊戲，『信長之野望』，我也有在玩。」

「是嗎？那沒事的話，我要回家去了」宇翔走出了網咖店門口，走在人潮減少許多的市區街頭上。

宇翔心裡想著：暫時別去想，現在有更重要的事等著我去做。再說，收網的時間差不多到了呢。宇翔想起那些受害者的畫面，金屬般的瘋狂笑聲不自覺地從他的口中笑出來。

「這次，我一定要得手。」

中場休息　圍繞「事件」的人們

一

「學長，你剛剛為什麼叫住那個小鬼啊，有什麼不對勁嗎？」

「他在哭……。」家維說出讓冠豪丈二金剛摸不清楚的話。

「有嗎？我沒什麼注意到耶」

那孩子的心正在哭泣，從他的神情可以看得出來。那是一種不符合孩子應該擁有的滄桑感，那孩子一定經歷過什麼悲傷且殘酷的事。家維說不出來為什麼，

那名孩子就給他這種感覺。等等……，「事件」的起因……，它的關聯，難道是……。

家維從口袋中掏出手機，不管現在已是深夜時間，他飛快的撥著手機號碼。

嘟嘟的兩聲，才剛打過去沒幾秒鐘就接通了。

「顏大哥，這麼晚了還打電話給你，我有個請求，幫我調查一些事情好嗎？」

二

剛剛掛斷家維打來的電話，那小子要我查的事，我僅僅把內容寫在我的記事本上。我毫無心情做其他事，現在滿腦子都是今天傍晚那名少女的神情。那種忍著悲痛，堅定的踏出步伐，縱使知道繼續走下去，只會把自己弄得傷痕累累，還是鼓起勇氣，面對真實。跟少女有著強烈的對比的自己，不知道要逃避到何時。

三十年前，那場因民眾包圍警局，場面失控的「暴亂」。當時的祺信是南區分局的偵查隊隊員，上層臨時把偵查隊所有隊員召集，編制改成為「鎮暴部隊」。當時的隊長其實並不熟悉鎮暴部隊的工作內容，下令所有隊員自由射擊。年輕的祺信當時反對這項指令，保護市民為宗旨的警察，卻把槍口對準市民，這完全沒道理。那時，反抗這項指令的同事，下一秒，就被不長眼的子彈穿過頭部，成為腦袋開花的屍體。沒人敢再反抗上層的命令，各個「鎮暴部隊」的隊員們都失去了理智。

失控的市民遇上失控的警察，結果立見。看見槍口的市民不斷的逃竄，人類的原始殺戮欲望都被激發了出來，祺信也不例外，扣板機的食指不斷扣發，到處都是市民的鮮血與人們瀕死的慘叫。當一切狀況都控制住了，各個「鎮暴部隊」的隊員恢復理智後，發現自己的雙手沾滿血腥，看著自己所造成有如人間煉獄的現場，不少人選擇當場飲彈自盡，也有不少人選擇逃避，不承認自己做過。「暴亂」鎮壓後，所有偵察隊隊員都獲得了升官的獎勵，只有祺信萌生退出前線的想法，從此轉調到資料處理室，直到今日。

祺信無時無刻都想要受到制裁，希望有人揭發事件真相，讓他能夠贖罪。上層所做出的情報管制，可說是相當的完美，所有的真實都被謊言包裝，呈現在世人的眼中。很多時候，都想要自我了斷，可是，貪生怕死的自己，就是無法親手了結自我。

三

希冀貫徹自己的理念的年輕警官與希望能得到救贖的老警察，目的、行蹤不明的少年與只想要少年趕快現身，陪伴她的少女。他們最終能夠阻止不斷發生的悲劇嗎？能夠創造出有如童話般的美好結局嗎？

第三幕　知曉「事件」的人們

宇翔進入了一棟有兩層樓透天，這棟透天的擁有者是一名在戶政事務所工作的公務員。宇翔以做「學校作業」的名義，詢問那名公務員是否能讓他進行口訪，那位先生看著宇翔誠摯的眼神，便答應了，並邀宇翔到他的住處進行訪問。這名公務員的名字叫做吳易庭，年紀約四十幾歲，已婚，育有一名兒子。這棟透天的一樓靠門口的區域是客廳，裡面則是廚房。而二樓有三間房間，一間是主臥房、一間小孩的房間、一間書房。吳易庭先生帶領著宇翔到了二樓的書房，開始進行宇翔所謂的「學校作業」。他非常親切的解說宇翔所要求的資料，除了回答口訪的問題之外，還特地表演給宇翔看他以前所練得空手道。不過，口訪只是藉口，宇翔一直等待機會的來臨……。

「吳先生，時間都到晚飯時間了，怎麼都沒有看到你的家人啊？」

「我也不知道耶……，不然我先到客廳打個電話聯絡他們一下，要晚歸也該打個電話通知嘛，讓我一個一個打電話去問，真是的。」吳易庭先生從書房走出，到一樓的客廳去。

總算把他支開了……，宇翔心想，這是個機會！

宇翔趁著二樓只有他在之時，在書房、主臥室……等房間東翻西找。

「果然東西就放在這，接下來只要……」宇翔心裡想著目前為止都還在計畫預料之內。

吳易庭先生從樓下走了上來，宇翔假裝剛從書房出來。

「你口訪已經結束了嗎？要不要留下來吃個晚餐呢？我的家人一下就回來了。」吳易庭先生欲留下宇翔吃晚飯，不過宇翔並無此意。

「不用麻煩了，吳先生，時間也晚了，我該走了。謝謝你今天讓我訪問，使我的作業會有好成績…謝謝。」

「不會不會，我送你出去吧。」

宇翔從二樓走到了一樓的玄關，握著門的把手一轉。

「咦？怎麼打不開呢，吳先生，你們家的門把好像壞掉了呢？」宇翔背地裡冷汗直流，果然事情發展不會這麼順利。

「蔡小弟，從別人家拿走的東西，記得要歸還喔，要不然門是打不開的喔～」

吳易庭先生的口氣瞬間變的冰冷了起來。

「要是我說不呢……」

「不還我也行，我就讓你嘗點苦頭……」吳易庭先生雙拳握緊，隨時都準備攻擊宇翔。

「好吧，還是還你吧！」宇翔把手伸入他的背包之中…迅速拿出了一包褐色紙包裝物，瞬間打開缺口，白色的粉末從紙袋裡，直往吳易庭先生身上灑去。

（爭取個幾秒就行了！）

宇翔利用他敏捷的身段，穿過急忙撥開灑向他的白色粉末的吳易庭。

從玄關門口衝入廚房之中，如宇翔所料，有個後門，只要能夠打開……。

「你以為那扇門打得開嗎？」吳易庭先生的語氣相當的不屑，與方才口訪的說話口氣完全不同。

「就算出不去，你也不必想輕舉妄動，你身上的白色粉末，並不是麵粉之類，臨時用來遮蔽你視線的玩意兒。」宇翔向吳易庭攤開他的底牌。

「那是鹽酸粉，只要我開起廚房的水龍頭，噴在你的身體上的話，鹽酸粉一遇水結合，馬上就會變成鹽酸，侵蝕你的皮膚……。」此話一出，讓吳易庭不敢隨意得靠近宇翔。

宇翔順手拿起身後的菜刀做為防衛的一部份。

「吳易庭先生，你是怎麼知道我進來你家是別有目的。」宇翔語氣相當的鎮定，目前這種狀況只是在拖延時間，並沒辦法解決現狀。

「哼，現在哪有小孩子會認真做家庭作業，況且我很早以前就知道你察覺到我的計畫。」吳易庭先生說的這些話似乎有些嘲諷。

「吳易庭先生，不……，應該稱你為『連續殺人案』的兇手。你的犯案對象其實並不是隨機，警方並沒有發現這點，你對下手目標的選擇，是有一定的標準。」宇翔把他的推理講給兇手聽，不是為了炫耀他是怎麼發現的，而是在爭取時間，心裡想著要如何打破現狀。

「喔~小偵探，你倒是說說看是什麼標準，而且你是怎麼發現我是兇手的。若是說的好的話，我可以考慮給你痛快點。」

「從你在現場留下的暗號來看，其實是提示下一個你要下手的目標。當時我認為第一個暗號『M』，是暗示你要殺的人的姓，是以羅馬拼音拼成的開頭，所以被害者可能是『毛』、『沐』之類的姓。我想阻止你繼續犯案，可是那時我掌握的線

索太少，只能隨機找著可能的被害人。最後，我是還無法阻止你殺害第二個被害人。但是也因為如此，我完全掌握了你的暗號的規則。」宇翔狠瞪著吳易庭，心裡卻是毫無辦法。

「你是以姓、名的第一個羅馬拼音，都是『上次預告的暗號』為標準。如此一來，能鎖定的目標幾乎只有一個人。」

「精湛的推理，小偵探，還有你是憑什麼得知我就是兇手呢？」吳易庭拍手，嘲諷式的稱讚沒有停過。

「我仍然無法阻止你繼續殺害被盯上的被害人，因為我根本無從得知這個城市有誰符合標準。既然是身為學生的我無法掌握的資料，代表一般人犯案也無法取得。那就只有特殊的職業可以掌握到全市每個人的資料，首先當然是想到戶政事務所的公務員，只有那可以最輕易取得全市所有人的戶籍資料，而我向附近的里長調閱事務所的監視錄影器，發現全所就只有你的行蹤最為可疑，我就推定你就是兇手。」爭取到的時間，幾乎都已經用完了，再不想到好辦法就要斷送小命了，宇翔心裡緊張到了極點。

「憑你這個小鬼做到這種程度，算是相當不錯了。好了，偵探遊戲結束了，準備洗好脖子，讓我好好處置你吧！」吳易庭笑得相當的猙獰。

「別忘了你身上的鹽酸粉，你要是一靠近我，我就馬上打開水龍頭。」

「小鬼，別再虛張聲勢了。這些白色粉末其實是地瓜粉吧，根本不是什麼鹽酸粉！要是鹽酸粉的話，你早就向我潑水，讓我痛不欲生，你就可以趁機拿東西打破窗戶跑了出去。再加上你手上拿著菜刀，不是等於告訴我，你潑鹽酸粉不足以保護你自己，更讓我確定你在說謊。」吳易庭拿起身旁的瓶裝水，從頭上開始淋下來，結果一點事都沒有。

所有手段都用罄了……，該怎麼辦，他以前是練家子的，剛剛口訪的時候也見識到了，拿菜刀抵擋只是威嚇罷了，肯定一下子就被他擺平。……怎麼辦……還有什麼方法？到此為止了嗎？宇翔對目前一面倒的狀況束手無策。

「在我動手前，我問你最後一個問題。」

「你問吧！」宇翔仍然還沒放棄，多爭取一分一秒也好。

「你為何這麼執著要把我逮捕歸案，難道偵探遊戲讓你這麼熱衷嗎？」

「起初是，但是後來的我發現，必須馬上把你送進監獄的理由」

「喔～是什麼理由？」

「為了守護我最心愛的女孩。」宇翔舉起菜刀試圖做最後的抵抗。

（戀琳……抱歉了……我……）

砰的一聲，從客廳傳來巨響，大門被打開了，一名男子迅速衝了進來。

「我是警察，通通不准動！」一名中年警察持槍衝了進來。

令蔡宇翔非常訝異，現在的情況有如電影般，在最危急的時候竟然有人出手搭救。

但是最令人訝異的是跟在警察身後的那個人。

那容貌讓宇翔永遠難以忘懷。

是那位讓宇翔不惜賭上一切守護的少女。

第四幕　悲劇的終焉

一

「宇翔，你這段時間所做的一切，我都知道了，拜託你不要再繼續錯下去了！」那名隨著警察進來的少女，用哽咽的聲音喊著。

「同學，你快把手上的菜刀放下來，不要激動啊！」吳易庭先生對著宇翔大喊，警察似乎認為宇翔是犯人，畢竟他手上拿著菜刀嘛，可以利用這兩個人……。

宇翔憤恨的看著吳易庭，一時氣到說不出話來。

「把菜刀放下來吧，那一連串不幸悲劇的真相，我都已經知道了，不要再做無謂的抵抗。」中年警察向那名少年呼喊著。

吳易庭看著那名少年像是洩了氣的汽球，菜刀從他的手中滑落，掉在地上發出「鏘」的聲響。接下來只要讓那名警察把他帶走，一切的罪責都將由那名少年承擔。

吳易庭用輕蔑的眼神看著宇翔，用一種勝利者的姿態俯視著他。

（憑你這個小鬼也想跟我鬥……。）

吳易庭突然感受到背部一陣劇痛，是從背後而來的攻擊，讓他被打到在地。

吳易庭連忙爬起身看向襲擊他的人，那名中年員警擺出了戰鬥的姿勢，隨時準備出手。

「警察先生，你是不是打錯人了，快抓住那個小鬼啊，他可是闖入我家想殺我的傢伙耶！」吳易庭滿口胡言亂語，殊不知那名中年員警並沒有上當。

「根據我手頭上的線索，你是目前連續殺人案的頭號嫌疑犯，不用想來欺矇我！」

那中年警察撲向吳易庭，想要制服他。

「該死的警察，毀了我一生的傢伙！」面對突如其來的攻擊，易庭並沒有慌了手腳，反而針對那名中年警察出拳的空隙、弱點，進行反擊。採取主動攻勢的中年警察，反而被吳易庭逼退成守勢。

「三十年前殺了我的父母的警察，而現在的你們又想殺了我嗎？」吳易庭看見中年警察突然怔住，以一種驚訝的眼神看著他。吳易庭沒有放過這個機會，一拳打在中年警察的臉上。中年男子吃痛，往後拉開點距離。

「難道……你是那時候的……」中年警察的臉上失去了血色。

「你猜得沒錯，我就是三十年前那場『意外』的倖存者，見證你們警察屠殺民眾的暴行。用『意外』這個詞彙，還真是含蓄啊，我目睹了一切，也看見我父母無冤無故死在你們的槍口下！」吳易庭憤怒的向中年警察大吼。

二

沒想到當年的黑暗，如今卻產生今日的結果，一切都是我親手造成的，祺信感到全身虛脫。全身都是破綻的祺信，遭到吳易庭的右手重拳擊中腹部，吃痛跪倒。

「你曉得那件事嘛，你的表情就寫著你是當時的當事人！讓我報仇的時候終於來臨……哈哈哈……」吳易庭歇斯底里的笑著，攻擊祺信的雙手沒有停過。

宇翔原本愣在一旁，見到情勢遭到兇手的逆轉，他揮起拳頭想要幫助那名警察脫離一路挨打的狀況，不過一切都看在吳易庭的眼裡。

吳易庭立刻停止毆打祺信，以左手接住宇翔的右拳，用右鉤拳打中宇翔的側腹。宇翔面對吳易庭的攻擊，毫無招架之力。胸口的空氣一瞬間全被擠了出來，宇翔雙手抱住受創的腹部，一副很痛苦的模樣。吳易庭掄起右拳，一記上鉤拳打在宇翔毫無防備的下巴上，宇翔往後倒下，失去了意識。

「宇翔！」戀琳想衝過去跟吳易庭拼命，卻被祺信張開的右手給擋住。

「不要過去…，交給我處理。」祺信勉強撐起身子站了起來。

「喔～警察還站得起來啊，太快像那小子倒下可一點樂趣都沒有，你說是不是啊！」吳易庭握起拳頭像打沙包一樣，狂風暴雨般的拳頭打在祺信身上。祺信使力的撐住，不斷被毆打的祺信終於不支倒下…。

（這就是報應嗎…？）

吳易庭從倒下的祺信的身上，摸出了一把警用的制式手槍。

「雪恨的時間到了，混蛋警察，毀了我一生的傢伙。」吳易庭把手槍上膛，對準祺信的頭部……。

砰的一聲，子彈被擊發的槍響。吳易庭不敢置信的看著手中的槍被打落在地上。

門口出現了一名年輕的警員，家維趕上了。

戀琳在一旁受到驚嚇而無法動彈。

「顏大哥，辛苦你了，後面就交給我吧。」家維走進客廳，看著幾近瘋狂的吳易庭。

「該死的警察又來壞我的好事！」吳易庭向家維嘶吼。

「夠了，結束這一切吧，你之所以會犯下這些案件我都了解。但是殺人的行為是錯的，現在選擇回頭還來的及，不要再一錯再錯。」家維口氣非常的平淡，不像是談判的語氣。

「少囉嗦！我要讓那些不懂得珍惜幸福的傢伙，嚐嚐我所受到的悲苦，臭警察！」

「其實你一開始就發覺你自己做錯了事，冀望得到救贖，才在每次犯案後留下預告，希望我們警察能夠阻止你，你的家人也不希望你這麼做下去。」家維以一種陳述事實的口吻說道，朝著吳易庭走了過去。

「別過來，再靠近我，我就把那名女孩殺了！」吳易庭拿出預藏的小刀，架在戀琳的脖子上，但是吳易庭突然以一副吃驚的表情而愣在那邊。

原本倒在地上的祺信，站了起來，不管被吳易庭打了多少次、擊倒多少次，都還是選擇站了起來。

「給我適可而止！」祺信的怒吼，震懾得讓吳易庭顫抖的連刀都掉了。

顏祺信朝著滿是驚恐的吳易庭，揮出了拳頭……。

終曲　各自的結局

一

宇翔醒來後，發現他身處在一間醫院的病房中，外面的天色已暗，現在的時間大概是半夜吧，窗外的星空璀璨。

我在那時候昏了過去了嗎？然後接下來發生了什麼事了？宇翔心想。

窗外的星光投射了進來，讓宇翔發現了戀琳。她趴在隔著棉被宇翔的胸口附近，看來當時我昏倒後被送進這家醫院時，都是戀琳一直在照顧尚未清醒的我。她可愛臉蛋佈滿了淚痕，我這段時間的離開，想必是讓她非常擔心吧。

我真是個笨蛋，不但沒有守護住她的笑容，反而讓她痛苦流淚。

宇翔看著戀琳，心裡決定不再讓笑容從她的臉上消失，縱使那份笑容已經不屬於他，我也要守護戀琳至永遠……。

二

在資料處理室中，已經深夜了，祺信沒有回家，仍然在想著那時的情形。

吳易庭的人生，是遭到我親手攪亂的受害者。還有多少人的人生也是像吳易庭那樣，充滿憤恨，祺信心想。但是，我決定不再逃避，面對真實的一切，用我的一生盡量去彌補、去贖罪我當年所犯下的錯誤。

家維因為這次破案立了大功，被升調為偵查隊的隊長，他現在應該忙得日夜顛倒，沒有時間喘息吧。祺信放下手上的卷宗的同時，資料處理室的門被粗魯的打開了。

「顏大哥，不好意思又來打擾你啦！」家維隨便拿張椅子就坐了下來後，面色嚴肅了起來。

「你此行的目的是想說關於吳易庭的事吧！」

「是的。當時，顏大哥你給我你查到的資料後，就匆匆忙忙的跑出去想阻止兇手，但是你沒有掌握到我所擁有得全部資料。」家維看著有些憔悴的祺信。

「吳易庭的人生過得非常的不順遂，自小就失去了父母，他經過了痛苦的求學歷程，但是他相當的努力，高普考考上戶政事務所公務員後與心愛的女人結婚，並育有一名兒子。好不容易得到幸福的他，卻在人生的頂峰中，瞬間跌入谷底。」家維臉色變非常凝重。

「吳易庭的妻子得了流感，不久之後便死了，接下來與他相依為命的兒子也遭逢意外而過世。一瞬間一無所有的吳易庭，感受到命運的無常，好不容易到手的幸福卻這麼容易被摧毀。他感受到絕望，一時堆積太多負面情緒，進而走了偏鋒。」

家維說著吳易庭的遭遇，而預告被害人的提示英文，要是他繼續犯案下去的話，將會組成「FAMILY」這個單字……。

「而那名少年為什麼會捲入這次的事件，是因為他覺得他有一份責任在。」

「責任？」祺信相當的不解……。

「他是發現這一連串命案中的第一起命案的現場的人，負責聯絡警方來處理。

他的正義感太重，覺得這一起案件他也有一份責任，導致他繼續調查而陷入危險之中。」家維心想著若是沒有他，我也無法想到這些案件其中的破案的關鍵。

祺信以憐惜的眼神看著這位後輩。

「家維，好好幹吧！未來還有很多案件等著你去解決呢，別鬆懈。」祺信中氣十足的對家維喊著。

「是的，顏大哥！」

佳作

我是人

中文系四年級　廖胤雯

我是人，關於這件事情是毋庸置疑的。以科學的角度來說，人類是動物界、脊索動物門、哺乳綱、靈長目、人科、人屬、智人。但是我知道的，科學是常被推翻的。人只願意相信自己相信的東西，相信久了，就會成真。

起床先雙手向前伸個懶腰，然後再拱起自己的背，我喜歡一開始的這兩個動作，讓我睡得昏沉沉的頭腦清醒。請了解在經過了六至八小時之後的睡眠，身體的每個部份都需要動一下，才能到達最好的狀態。打個呵欠，我伸出舌頭慢慢的梳理身上的毛髮，每一吋我都仔細的舔乾淨，因為今天要出門買點牛肉來吃，雖然對於狂牛症依然有些擔心，但是人生苦短，何必跟自己的口慾過不去呢？吃了快一個禮拜的雞肉，再怎麼喜歡但是也會膩。終於只剩下尾巴和臉尚未清理。這兩個部位的清理是必須最乾淨的，因為當穿上衣服時，就是這裡會顯現出來。整齊清潔是一個人重要基本禮儀和衛生，它可以決定對人的第一印象，身為一個人，當然要愛乾淨。

戴起眼鏡，原本的灰黑白的世界變成了彩色。說到眼鏡，就會想到一件事情發笑。我以前一直認為世界是灰黑白的，所以我為了開戶第一次去銀行時，沒發現拿了隻紅筆填單子，老實說我也不覺得紅筆和藍筆有什麼不同，櫃台小姐雖然發現了，還是親切的幫我辦理完開戶的手續之後，親切的笑著跟我說：「小姐，下次請記得用藍色或黑色的筆填寫單子。」，我才發現顏色很重要，應該要去配副眼鏡。到了眼鏡行，我第一眼就相中這副外框是星星的眼鏡，鏡架當時我並不知道是紅色，不過就算當時知道我也是會選擇它。哎，有了它之後才知道我之前穿衣服的顏色搭配有多麼的恐怖，真是幸好當時才剛出門幾次，鄰居對於我還沒有見過幾次面。

到浴室用了一點水抹在臉和尾巴上，先用毛巾擦拭，再用舌頭將剩餘的水與毛皮一起舔乾淨。拿著牙刷刷牙，雖然不是很喜歡有東西在伸進我的嘴巴裡，但是也不想因為自己的口臭而被人嫌惡。看著鏡子中神采奕奕的自己，我感到非常滿意。

走到一樓的廚房，從冰箱拿出已經吃了好幾天的全雞，剩下我最喜歡吃的部位：雞胸肉和雞腿肉，最喜歡的東西我習慣留到最再吃。把裝著雞肉的袋子浸到熱水裡，我先去客廳看電視，今天的天氣晴朗無雲，果然是個出門的好天氣！到二樓書房先開電腦暖機，回到廚房把已經退冰的雞肉用刀子去骨。為了崇尚輕食主義，所以我並沒有在裡面多加什麼調味料，只有雞肉帶著血水也很令人食指大動。捧著滿滿一碗雞肉和和筷子，我坐在電腦前，收一下mail。

到了這裡，我想我有必要介紹一下自己的工作，我的工作是現在熱門的SOHO族，在家接案子，在家完成，在家寄給客戶，不喜歡的案子可以假裝漏信沒看到。我是幫人家畫動物插圖，特別是關於貓的，大概是因為我畫出來的貓特別有神韻。這是自然，人總是喜歡用人的角度去想貓，應該要先把自己想成一隻貓才對。有時候也會有特殊的案子，通常是匿名要求我畫出貓，但是必須要捨去我原本就有的畫風，面對這種工作我都是把它在第一順位，因為人家錢給的多啊！而且這樣的案子通常是接了一個做的好，之後就會有源源不絕的案子等著你。在這個「沒有錢是萬萬不能」的社會，當然是以大客戶為重要對象，不然我怎麼可能會在這麼年輕，就賺到可以買下一棟透天的錢呢？不過閒暇時間我也是會接一些普通的委託，畢竟要接大案子是要有一點名氣，而且被那些客人不斷的稱讚，我心裡也舒爽，人都是需要鼓勵的不是嗎？

慢慢的瀏覽 mail，看來上次完成的作品客戶很滿意，不過目前似乎沒有什麼大案子，先放自己幾天假吧！捧著雞肉走下客廳，開著電視慢慢轉著頻道，老實說我對於電視節目的興趣不是很大，因為不管怎麼樣都是假的，戲劇、新聞、綜藝節目，不過都是在演一場戲罷了，而且還是只會不斷重複一樣戲碼的戲班，真是無聊。我比較喜歡的大概就是介紹動物和風景的節目，至少那些東西不會是假的，不過自從特效不斷在進步，我想總有一天大家連戶外都不會走出去，只會在家帶著眼鏡看3D 電視。

一碗雞肉吃完，如往常一樣感覺到便意去廁所。我用的雖然是坐式的馬桶，但是我還是依照習慣蹲在上面，畢竟這樣比較容易出力，雖然馬桶裡沒有砂可以撥，不過撥砂老是用髒我的手讓我很不喜歡，有時候還會沾到大便。不得不說馬桶真是偉大的發明，一按鈕就可以把污穢沖走不留一點痕跡，雖然還是存在於這個世界上，但是眼不見為淨，流向不知名的海洋總比我家裡臭氣熏天來的好。在裝設馬桶的時候，設計師有問過我說要不要改成免治馬桶，不過比起水柱，我覺得自己舔乾淨比較實在，所以我也在廁所鋪了一條地毯，以免冬天時我要坐在冰冷的地板上彎腰舔屁股。

接下來要為自己的出門做打扮，到更衣間裡挑衣服。我有充滿整間房間的衣服，不過大多都以一件式的裙子為主，有時候也會搭配上衣和短裙。我討厭褲裝，因為褲裝的包覆性相對於裙子來的大，也有固定的板型，我的腳根本穿不下或讓我的腿相當緊繃，無法自由的動作，讓我非常的討厭褲子。唯一比較可以接受的褲子是貼身的內搭褲，做任何的動作都沒有問題。很多衣服都是依照大眾版型來做，一點都不會考量到其他人的特殊性，**這就是一種多數決**。對於這種多數決我是非常不以為然，這樣自己又有什麼特殊性呢？我對於大眾的觀點非常厭惡，因為只要我一出門，總會有人對我指指點點。對於和其他人不一樣這點，我可是非常自豪，修長的尾巴可以維持我的平衡，這種方便性可是其他容易跌倒的人所沒有的。至於全身的毛，我能說這可是比沒毛來的好，讓我即使在冷天也可以穿著裙子，其他人只能裹得緊緊的。想到生氣的地方，全身的毛都生氣的豎了起來，又花了一點時間在更衣間把毛梳理整齊。在這段時間內，我也慢慢的思考到底要穿怎樣的衣服。嗯，今天的天氣很好，搭配藍色剛剛好！

不得不說，衣服真的是一種方便的東西，我的皮膚只有黑白兩色，雖然被我整理得雪白和黑油油的，不過每天都可以改變外在的顏色是一件有趣的事情。特別在我戴上眼鏡之後，更體認到顏色的重要性。包括根據當天的心情、天氣或任何一件事情，改變自己的顏色，都是令我感到興奮，畢竟我也有點看膩只有黑白兩色的自己。

從衣櫃裡挑了一件雙層軟麻棉的藍色洋裝，可以當作長裙也可以當作一件式洋裝，不過我通常都是當作一件式洋裝來穿。長裙太長的話會壓到我的尾巴，一件式洋裝通常都在膝上，這樣的話我的尾巴可以露出一半，而且在走動的時候，我的尾巴輕輕的碰到裙襬，會有一種輕飄飄的快樂。最後在腰部繫上細皮繩，看著鏡子中的飄逸柔美的自己，慢慢的轉了一圈，那種輕飄飄的感覺讓我很滿意。除了洋裝外，我又加了一件灰色的小外套，雖然冷氣對我來說並不是那麼的冷，不過加一件外套有比較優雅的感覺。背包決定拿之前別人送的黑色鉚釘手提包，這個包包我最喜歡的就是它在陽光下會閃亮的鉚釘，女生都喜歡這種閃亮亮的東西。

走到玄關，看著全身鏡中的我……好吧，雖然由自己說未免有些驕傲，但是我自己真的是相當優雅的人。看著這樣的自己有時也會覺得太過突出是不好的，不過總是有些人比別人高上一等，這是天生而無法改變的，我只能遺憾的接受別人羨慕的眼光。

準備打開門時，突然看到自己在門後用一張鵝黃色便利貼寫著：「記得穿鞋！」我才突然想起來自己還沒穿鞋。幸好我有記得貼這張紙條，實在是因為我已經太多次被攔在銀行外，就因為我沒穿鞋。會忘記實在是因為我自己的光腳丫子走在任何地方都很舒服，有肉墊就好比穿了一雙透明鞋，不管是走在哪裡，我都可以安靜無聲，還不像一般人會刮傷腳，我的肉墊可是相當厚實的呢！不過再怎麼抱怨，在出門時，我還是必須穿上鞋子。選了一雙霧面皮革的棕色娃娃鞋，上面還有兩個可愛的毛球球，穿鞋的時候還害我忍不住去拍弄了幾下。

一切準備就緒，深吸一口氣，**在心裡想像那些人羨慕的樣子**。出門前對自己做好一點心理建設，因為每次出門都會被人行注目禮。再次看像鏡中的自己，一切完美，那就出門吧！

因為是接近中午，所以太陽有點刺眼。今天也不是假日，路上都是一些家庭主婦。剛出門就遇到令我想要抓花她的鄰居，她帶著笑容轉向我，一點都沒有發現手中的灑水器也正對著我了。我不著痕跡的後退幾步，她的笑容跟看到食物的鯊魚沒什麼兩樣，她張大嘴巴：「你好啊！」

「你好。」

「怎麼這個時候出門啊？」

「沒什麼啦，工作忘了時間。」

「你上次有說過你是在家工作的人嘛，我知道的，我兒子也是。」我在家工作可是有賺錢的！和你那失業在家的兒子可是完全不一樣。

「那不好意思，我有事先走。」

「哎呀，真是的，你忙就不好意思打擾你啦。下次有機會到我家作客，你跟我兒子一定很有話聊，都是相同的工作嘛。」哪裡相同了！

我落荒而逃，對於這種處心積慮要介紹我對象的歐巴桑，我都是避之唯恐不及。原因無他，對於一位年輕就有一棟透天房子的女性，唯一缺少的就是一個家庭，到底是為什麼一定要成為一個家庭呢？我一直都很疑惑，當一個女性什麼都不缺的時候，我為什麼一定需要一個家庭呢？那位鄰居總是以促成我的姻緣為己任似的，特別是跟她兒子！但實際上我跟本不想要。人總是喜歡把自己的價值觀套在別人身上，一但自己的意見不被接受，就會覺得是對方拒絕自己的好意？這實在是很有趣，又很令人生氣的反應。

把那位討人厭的鄰居拋在腦後，我散步在人行道上。當初會買在這裡，很大部分是因為這裡是單純的住宅區，但生活機能不錯，附近有銀行、市場、餐館等等，在自家附近就可以解決生活一切大小事，不能解決的就用網路。因為我討厭在很多人的地方，在我走過的地方大家都會對我行注目禮，跟被關在籠子裡的觀賞的動物一樣，不過附近的人們對我已經很習慣。

進去銀行，警衛看到我微微的點頭示意，畢竟我也來很多次了，所以也不至於像是第一次那樣，警衛緊張的一直站在離我不到五公尺的距離，活像是在堅守什麼洪水猛獸。

抽號碼牌，我就安靜的坐在等候區。有一些常見面的鄰居會向我點頭打招呼，但是有些人就非常不禮貌的直直看著我，**我非常有耐心的等他們習慣**。畢竟我現在的修養已經被訓練得很不錯了，在更之前，我會非常不耐的瞪回去，連毛和尾巴都會豎起來。

「四十五號，四十五號請到九號櫃台，謝謝。」櫃台小姐笑著對我揮揮手，我也微笑回應，第一次來的時候，就是她好心的告訴我顏色的重要性。

我遞出提款單，「你好啊！」

「你好，吃過飯了嗎？」她迅速的幫我核對，拿出鈔票放進機器裡跑。

「吃過了，今天中午是吃雞肉，我等一下還想去買牛肉呢！已經吃了好幾天的雞肉，喜歡的東西吃久了還是會膩。」

「也是啦。」她把錢遞給我，我注意到她的指甲顏色是漂亮的酒紅色，「這樣就好了。」

「謝謝，」我愉快的搖搖尾巴，畢竟錢這種東西沒有人不喜歡。「指甲很漂亮。」我指了指她的手，她似乎很開心有人注意到她的指甲，五指伸直併攏，讓我看清楚了她的指甲。

接下來就是要去超級市場了，雖然不是沒有想要去傳統市場，但是傳統市場的骯髒和混亂讓我不能忍受，特別是都處都可見的流浪狗，每次衝著我狂吠，讓我害怕又生氣。久而久之，我就不再到傳統市場，而改到明亮整齊的超級市場了。

看到熟悉的紅白相間的招牌，我吃的東西都是從這裡買的，可以算是我家的第二個冰箱了。一進去我的毛就豎了起來，因為市場內的二十四小時的冷氣，讓外面和裡面幾乎是兩個世界。雖然不是不能忍耐高溫，但是有舒服的地方誰想要繼續忍受呢？

往冷凍區的肉品走去，在保鮮膜裡的牛肉，在打著白色強光的燈泡底下看起來更加可口，不知道要吃那一部份才好。偷偷看了一下隔壁的歐巴桑似乎都挑牛腹肉，看起來的確比較滑嫩，我也跟著選了牛腹肉。

悠閒地晃著，享受一下免費的冷氣，我才走去排隊結帳，但是後面小孩高分貝的聲音卻讓我極不悅，似乎是在哭鬧著要買什麼玩具。每次看到這種小孩，我都慶幸自己是一個人，小孩這種生物只適合拿來玩，而不適合養。

把東西放在結帳台上，我伸手要從包包裡拿錢時，我的尾巴卻被人用力的扯住，我痛的大叫：「你在做什麼！」轉過身瞪著拉著我尾巴的小男孩，收銀員和附近的客人都轉向我這邊，「放開我的尾巴！」

「媽媽，你看，有尾巴！」還用力的扯給他的媽媽看，我想殺了這小孩的心都有了，所以說我最討厭小孩了！我尾巴一用力想他手中抽出，但是他卻握的相當緊，我的尾巴又痛了一次，痛感讓我的火氣更大。

大概是因為我的表情非常的猙獰，小孩的媽媽連忙捉住男孩的手說：「不可以這樣，很沒有禮貌。」打了一下小孩的手，讓他放開我的尾巴。不過如果小孩可以這麼簡單就說得懂就不叫小孩了，被母親打罵後的小孩立刻就哇哇大哭，「她、她明明……嗚嗚……就是……哇啊啊……」

又是吵死人的哭聲，再加上周遭的人就像是看好戲般不斷看著我，實在是令我受不了，示意收銀員把東西結帳，我就快速的離開超級市場。我只能說今天真的是倒楣透了，遇到那種一點都不懂禮貌的小孩！

向出口走了幾步路才想起來，忘記帶走我所買的牛肉，只付了錢就急著走掉。當時只覺得頭腦充血發熱，如果在繼續待在那裡，我一定會想狠狠的抓花小鬼的臉，一心只想要趕快離開。想到要回去拿肉，接受那些人的目光，就讓我全身毛又豎起來，但是花錢買的東西怎麼可能就這樣放棄呢？我認份的走回去，在那裡那位媽媽和小孩也還沒走，他正大聲跟他的媽媽說話。

「為什麼不可以摸尾巴？」

「本來就不應該去摸別人的身體！」

「可是我們家的小乖都讓我摸啊！」

「小乖是貓啊！」

「那為什麼不可以摸剛剛那隻貓？牠只不過是站著的貓啊！」

一聽到男孩大聲的否定我，我只覺得頭腦又再次充血，這個小孩怎麼這麼過份！我生氣的走過去，用著和他一樣大聲的音量說：「喵喵嗷！喵嗷喵喵嗷喵？」

媽媽和男孩楞楞地看著我，我自己也愣住了，我又張開口說：「喵喵嗷。」

為什麼！我的腦袋完全沒有辦法運轉，不斷地想要開口說話，但是發出的都是貓叫聲。和我的聲音同時響起的，是那位媽媽的尖叫聲，被她尖叫聲所吸引的，是一群群的人類，像是蜜蜂遇到花朵般把我圍在中間。每個人都像蒼蠅一樣發出聲音，**但是我聽不懂**，為什麼聽不懂？我不知道。**我也是人類啊，為什麼會被他們圍觀？**為什麼？

不知道是誰先開始的，有人拿東西丟我，每個圍觀的人開始對我攻擊，一開始只是拿起手邊的東西丟我，像是一種遊戲般。接下來有人拿長的棍子打我，我躲開卻被打掉了眼鏡，鏡片好像被誰踩到碎掉，我不清楚，想要蹲下身拿起眼鏡，又被人用石頭丟到了我的背，痛得我四肢著地。我開始生氣且想要反擊，喉嚨發出低沉的威嚇聲，全身的毛都豎了起來，爪子也不斷地向人揮去。雖然想要反擊，但是始終都無法攻擊到人，想要趕快離開這個地方，我跳了起來越過人群，用四肢不斷地奔跑，因為這樣很快速，為什麼我之前會想要用兩隻腳走路呢？我聞著味道，跑向比較沒有人類的地方。

那是一個小巷弄裡，我坐在地上，身邊什麼東西都沒有，只有身上的衣服，但是剛剛被人丟了很多東西，上面沾滿了飲料、蕃茄醬、不知名的汁液，聞起來十分噁心。我咬破了布料，靠著牆壁蹭掉，突然覺得很舒服，因為一直穿著衣服很悶，我身上有著毛皮，其實根本不需要衣服。用兩隻腳走路也是，我到底是為了什麼才學用兩隻腳走路呢？明明四肢腳走路或是跑步才快速、安靜。

我慢慢的走到巷弄口，看著一些人類走過，突然聞到一個熟悉的味道。我尋著味道走出巷弄，看到之前幫我領錢的櫃台小姐，我走過去，對著她打招呼：「嗷喵。」但是她只是揮了揮手，嫌惡地繞開我。我看到她的指甲留的很長，被抓到一定很痛，我就跑掉了，為什麼道聲午安都不行呢？

我嗷嗷喵嗷是什麼呢？之前是人類喵？我只要戴著喵嗷東西喵是人類嗎？為什麼喵嗷喵變成貓呢？是「變」喵？礅喵我喵嗷偽裝人類喵？喵嗷礅喵嗷我礅嗷嗷貓嗷嗷喵？喵嗷礅喵喵嗷喵嗷喵！

嗷嗷喵。嗷嗷嗷嗷嗷嗷喵嗷嗷喵。

文學獎活動記錄

水煙紗漣文學獎系列講座——

追尋日常的靈光

1978年出生，高雄人。台灣大學中文所博士。現任教於台灣大學與清華大學。著有詩集《屏息的文明》、《你的聲音充滿時間》、《少女維特》。散文集《海風野火花》、《雲和》。

今天我要講的題目是關於我最熟悉的城市閱讀，從週遭環境找到寫作的來源。正式進入閱讀旅程前，我想先以鈞特．葛拉斯引導各位。

鈞特．葛拉斯（Gunter Grass）是德國一位才華洋溢的作家，作品《給不讀詩的人》已在台灣出版。裡面的〈出發之前〉說到：「因為我們沒法靜下來，所以聽由綠地上紅通通立著的兩張空椅子，閒談打發了一整個晚上。」出發之前，先把心沉靜下來，才有了空間容納世界要對你講的話。因此沒有什麼是不可以寫的，重點是有沒有「文學家的眼睛」。像是鯨向海，他喜歡寫廁所裡各式各樣的配備，但透過詩人之眼，醜陋的事物仍然可以提煉出不俗的美麗，像文學家和藝術家一樣，從生活中發現美。基本上他們有兩個任務：將大眾沒有辦法表達的感覺寫或畫出來，使作者和讀者頻率相同；另一種是讀者看了你的文章後，有種豁然開朗的感覺，這就提供給他們看待世界的新觀點。

首先想先給大家看紀大偉早年的散文，這篇講到了中正橋——連結公館到永和的一座橋。他說：「大學時代夜裡，漫無邊際的清談終了，大家還不願意散。而還沒有直接回家的心理準備，那還想要抗拒，好像如果你太早回家就默認自己是好學生跟乖小孩。那此時去喝豆漿醒酒，就是回家之前的暖身儀式了。沒有機車的人去找有車的人載。如果機車多出空位，就沿途去宿舍湊人頭。從公館奔向中正橋，過了新店溪以後，就在豆漿店集合。」他記錄了大學時代真實生活中，一些常回想起的、不特別的經歷，透過白描寫出來，就會有所不同。他又說：「不就近在台北打牙祭，卻跑這一趟，常俗的早餐，突然變宵夜——這是地理跟時辰兩方面的叛逆，但是我們除了永和之外，也跑不了太遠，除了豆漿之外也吃不起什麼，喝完午夜豆漿，大家還是要散。而在永和豆漿當年一起廝混的臉孔，後來難得再見。」你所能達到最遠的地方原來一直都那麼近，藉由喝豆漿寫出這種拉距的感受。不把青春描繪成無限奔放，而是有限制的狀態，如此就可以從中體會到小小的叛逆，以及對青春長期的不滿有了小小的補償。至於學生為何都住在永和？因為那裡租金便宜，金錢壓力較小，就可以用力地玩弄時間，實踐自己的白日夢。雖然有點否定意味，卻誠實地寫出當時的我們擁有的勇氣和能力也只能做到這樣。

劉克襄寫過七零年代的天母：「我從文化學院——你看那時候不叫文化大學叫文化學院——從文化學院走水管路步道下來的時候，那裡仍然有一個遠離台北，彷彿保留美國東北部安靜小市鎮的風味。公車終點站的圓環有一家唯一的小吃店，生意有些寂寥，少數乘客在榕樹下候車。對面則是悠閒的警察局，以及一家過去的旅遊指南提過的溫泉旅社。」這邊的景物都是白描，精準挑選物件、並置後景象就會浮現在眼前。遠離台北，不是物質與地理上遠離，而是氛圍的遠離。他又說到：「但是老台北人最熟悉的，或許是許多擁有草皮庭園的洋式木造房屋，它們零星地座落在周遭，呈現高貴的異境風味。住在裡面的人，總被我們寄予稱羨的眼光。」高貴的異境風味，也是用另一種方式遠離台北。七零年代的台北恐怕仍是處於城鄉之間的模糊地帶，在此他呈現兩種不同面貌的天母，但它們其實都是遠離台北的。像這些地理想像背後的社會結構、歷史、文化，都會是很好的文學材料。

接下來是大家熟悉的舒國治，在《水城台北》裡面，寫的完全是另一種狀態：「過去的台北其實是個充滿水氣的城市，因為蒸熏，晨起的霧，雖不濃，也常有。」在讀舒國治、楊牧的散文，以及余光中的新詩，我建議可以念出聲音。他們強調句子間的伸縮感，尤其是三三句式，有斬釘截鐵的感覺，後來再接長一點的句子，就會造成伸縮感。楊牧運用這樣的技巧最多。這樣的彈性通常是要表達情感的起伏跌宕，他們有自覺地控制著，也把詩的節奏控制訣竅融到散文裡去。下面又說：「夏天夜裡因蒸熏而得之。長時炎熱，實在需要那種叫做『乘涼』的活動。高度的集體活動。這時洗完澡的人，常發出一種共有的冤叫，『你看看，又一身汗！』今日台北的溫度，實更高於三、四十年前，卻不見人乘涼，因為田渠不存，這蒸熏之暑氣卻竟少了。取而代之的是由成千上萬個冷氣機所組成的一具大型吹風機所送出的烘熱。」重複累疊的空調機所疊起來的城市景觀，以及因為空調機造成無法紓解的悶熱，常常使我們感覺到時間變得很長，因此句子在這裡也刻意拉長了。

唐諾的〈咖啡館和死亡〉寫道：「咖啡館的一再倒下，把人拉出窄迫的唯我小世界。」對最適合他寫作的咖啡館有了癮性，當熟悉的咖啡館倒下，就等於強迫自己拉出這唯我的小世界。他說：「我不曉得這算是某種更柔軟更富同情的體認，抑或就只是發神經的早期徵兆，人，騎樓邊飛下來的胖麻雀，冷清的店家，剝落了一兩片磁磚的大樓，乃至於一整道街，一整座偌大無事的台北市，原來都是會死的，在你的下一個眨眼時灰飛煙滅。整個世界顫危危懸浮在一道嘩嘩作響的河道上，時間的河流，不回頭，不舍晝夜。」時間的河流沒有辦法停止。約翰．伯格（John Berger）的《留住一切親愛的》寫到了這是多麼難，但也是我們人生最大的願望：所有心愛的東西都能突破時間的河流留在身邊。正因為不可能，文學藝術不斷地表達我們對這些事情的渴望。其實每一個人都像浮士德，永遠在某個時刻會想要說：時光啊請你停住。一個無稽的且沒有辦法實現的願望。唐諾其實就是在談這件事，熟悉的咖啡館死亡，等於熟悉的自己又死了一次，於是要再找尋一個適合的地方。他聚焦寫出胖麻雀、冷清的店家，以及剝落一兩片磁磚的大樓，城市真正的景觀因此呼之欲出，而不是把城市寫成像是充滿玻璃帷幕的、很新的感覺，剝落的磁磚似乎才更接近城市的真正狀態。

吳念真在〈一零二號公路〉寫道：「從中山高下東北角交流道，然後在進入暖暖之前的第一個紅綠燈，你可以看到六十二號快速道路的指標。」這裡的細節描寫很多，將自己熟悉的東西如流水般寫出來，就是呈現出對家鄉的熟悉感。明明是回

自己的家鄉，卻變得如此不方便，因此他用超長的句子寫冗長的等待與煩躁之感。所以有時候形式就可以傳達感受，不需要意象或象徵表現。對於今昔不同的九份，他說：「我所期待的可能是故鄉的『原色』。一如最初鼓勵一些導演去九份取景時，我最簡單的描述——就九份阿……像一個乾淨的樸素的老婦人，坐在向晚的屋簷下安靜地縫補衣服。可是這個老婦這幾年來卻穿起了城市流行的服飾，擦上蜜粉口紅到處走動，即便是同樣一句『來坐啦！』聽起來卻多了一點風塵味。」有一種回到家鄉卻彷彿是在異鄉的無奈。在這裡可以反思：身為一個當地人，你是否期待這種繁榮？

然後我的這篇文章說：「現在的牯嶺街只剩下寥寥幾家舊書老店，就連一般店鋪也變得非常少，它是非常蕭索的，路上走過的都是老人跟婦孺，和附近的建中學生，靜靜停著的車輛像是已經停在那裡幾百年了一樣，雨刷上全部都是灰塵跟落葉。印象深刻的是，松林書店它的窄簷外是亂雨如箭，一進得松林，像是躲進了草篷船那樣，雨聲近在咫尺，包圍天地，仰頭看堆得高高的書們，恍然也有水上漂流的晃蕩了。」草船借箭是大家都熟悉的典故，這種景象和感受很常見，但是你可以用一個新的意象去包裝：當你去逛街卻突然下大雨，於是你躲進一間房子，聽雨打在窗戶上的聲音，那雨射過來就好像草船借箭。

接下來，我們來看葛拉斯的詩〈獻給你〉：「我那空晃的鞋子排滿了旅遊行程，它們知道每一條通向你的迂迴彎道。」很多作者終其一生會有個最關懷的核心，這個「你」，可以想像成一個人，也可能是某一個沒有辦法忘記的傷痛或處境；像是駱以軍的《西夏旅館》很奇幻，其實他討論的是外省人的處境，外省人彷彿是異鄉人或局外人。在《月球姓氏》或《遺悲懷》裡就早已寫過，不過當他重複這些主題的時候，讀者卻未必會感到厭倦，因為每次的寫法都不同。可以感受到這件事是纏擾在他的生命裡最難消化的核心部分。我們創作和閱讀，常常就是為了去抵抗這東西。但一方面抵抗、一方面去證明這個東西的存在，甚至延續它的生命。如同描寫初戀一樣，助長卻又同時抵抗懷念。譬如朱天心從《擊壤歌》到《古都》都會出現一個叫作A的人，這個她所仰慕的對象對她的生命來說顯然是很重要的。雖然「她」不一定是主角或主題，但就像是一個背景一樣一直浮現在後面。寫作就是在追尋這樣的東西。

夏祖麗的〈城南．舊事〉寫道：「那時我家的大片生活圈子裡，有母親常去的寧波西街，南昌街和羅斯福路之間的南門市場，父親天天上班的福州街《國語日報》，我們上學的國語實小和附近的幼稚園，然後有古亭女中，建國中學，看電影的明星戲院，國都戲院，常去嬉戲的南海路植物園，長大後去的國立科學館，以及美國新聞處圖書館。」夏祖麗描寫他們家住在一個比較舊的城區，卻又有非常強烈的文教氣味，這地方就是城南。五六零年代很多大陸文人來到台灣，多是在台北接收日本知識份子所留下來的房子，因此城南後來成為一個文學家或藝術家聚集的地方，歷史上空間、文化的變遷使它成為一整片文化區。我覺得夏祖麗很幸福，能在這樣氣氛裡面長大。

鴻鴻的〈有諾諾的台北〉，寫的不僅是台北，而是有「諾諾」存在的台北。他說：「在國軍文藝活動中心還沒被一把火燒焦之前，我和同學每奉老師之命前去看平劇，那時候就刻意和諾諾約在相隔沒幾步的東吳大學校門口，交換一些不知什麼東西。那兒還一直有賣大餅、火燒的推車。我因為經常盤桓，偶爾也買些回去孝敬山東老爸，後來慢慢懂得，這就叫做『顧家』。」單看到這邊，就知道他重點不是顧家，而是諾諾這位女生。約個地方交換什麼，其實也不重要，只是想找一個見面的理由而已。所以對他來說，有諾諾的台北是完全不同的，可以跟他的青春成長放在一起，因此諾諾便可以說是鴻鴻終身難忘、心中黑暗的小房間。他又說：「過沒多久，諾諾又經人介紹進了故宮當服務員，站半小時坐半小時休息半小時。我一輩子沒這麼熱愛過傳統文化，三天兩頭，跟著她值班的位置變換，把那裡迷宮般的陳設摸得熟悉如搭建在腦中的閣樓。她利用休息半小時的空檔帶我到餐廳吃冰淇淋。餐廳外觀也是宮殿一樣的堂皇，可是裡頭裝潢擺置卻像透了糖廠的冰店。」那時鴻鴻的台北，就是跟著這女孩子腳步認識的；與諾諾約會的地圖，就是鴻鴻的台北地圖。無論公車還是捷運，我們常會對路線經過的地方感到特別熟悉，其他地方相對茫然。我們的地圖其實也跟感情、文化結合在一起，若能在地圖背後探究出情感跟文化，文章會更顯得有深度。

接下來是周夢蝶的一首詩〈積雨的日子〉，他說：「涉過牯嶺街拐角，柔柔的不知打哪兒飄來的一片落葉，像誰的手掌，輕輕打在我的肩上。打在我的肩上，柔柔涼涼的一片落葉，有三個誰的手掌那麼大的。這不正是來自縹緲的仙山，你一直注想守望著的那人的音息嗎？」把落葉的形狀形容成手掌，這是第一層比喻。手掌會連到某個人，因此當手掌拍到身上，就會幻想這是某人。從葉子到手掌到人，所回溯或影射的，其實都是他內心的缺口。而第二段提到一片落葉接下來變成三個手掌大小，可以感覺到大小尺寸在增加，表達出情感重量的擴大和加重。接下來這段

我覺得很精彩：「無所事事的日子，偶爾，記憶中已是久遠劫以前的事了。涉過積雨牯嶺街拐角猛抬頭！有三個整整的秋天那麼大的一片落葉，打在我的肩上，說：『我是你的。我帶我的生生世世來為你遮雨。』」這裡用了「一日不見如隔三秋」的典故，落葉變成三個整整的秋天那麼大，這是時間的幅度在增加。三個秋天擴大為生生世世，重量在此時變得極為沉重，這是時間和空間想像的擴大。

白先勇的〈冬夜〉說：「余教授棲住的這棟房子，跟巷中其他那些大學宿舍一樣，都是日據時代留下來的舊屋。年久失修，屋簷門窗早已殘破不堪，客廳的地板，仍舊鋪著榻榻米，積年的潮濕，席墊上一逕散發著一股腐草的霉味。……他用他的衣袖，在那些書本的封面上揩了一揩，隨便拾起了一本《柳湖俠隱記》，又坐到沙發上去了。矇矓中，他聽到隔壁隱約傳來一陣陣洗牌的聲音及女人的笑語。」這是一個曾經歷過五四時代的學者戰後來台的落魄感。舊屋年久失修，殘破不堪、潮濕，之後的一股腐草霉味，難道不就是在形容學者本人？每天他做的事就是翻那本半舊又破爛的武俠小說。可知他在台灣的不得志，而想到自己以前五四時代的意氣風發，更顯兩者的高下分別，以及在下著雨、苦寒冬夜的溫州街日式平房中的淒涼孤苦。

接下來是廖繼春的畫〈淡水〉。廖繼春是日據時期的重要畫家，其實日據時期很多日本的畫家來到臺灣的時候，首先吸引他們的是臺灣的景色，這些景色表現在畫作中的物件和明亮度很高的顏色。這首我寫的詩：「像默默流走的淡水河的淡水那樣，夕陽比隔著老紗窗看見的夕陽更舊，船隻馱著臥觀音有些載不動。」就是跟淡水有關。後面的部分：「無非是等候太久而假裝不再等候，無非是忘卻湧來的水，漸冷漸淡漸挫。拉下了鐵門，街道上還黏著時間的紙屑——聽那散去的風，別過臉去的星辰。岸上行走著的無非是幽靈。渡輪打起水花有些污濁，黑白照似的浪漫，在晚潮一次次的擦拭裡，小蟹泥篆橫行，竟如同一封寫不完且心有不甘的長信。」這幾句我特別喜歡，寫冬天無人、灰灰的淡水，所以說是「黑白照似的浪漫」；而淡水河灘上面的招潮蟹走路留下來的痕跡，就像寫字留下來的痕跡，彷彿整個沙灘是信紙。

我每次從台北到新竹去教課坐同樣的客運、看同樣的景色。於是景色不斷的重複再重複，但是只要有一點不一樣，那一點不同就會被擴大。這段：「而那翻雲覆雨的葉片姿態不過是幾秒鐘的時間，可是，真覺得那就是大氣的背脊，陡然向我顯現它的逆鱗。」就是我對普通的事物加以想像，那便是你在極小的範圍中，提供給讀者另一種看待樹的方式，甚至是看待這個世界的方式。這些翻來翻去、正反面顏色不一樣的葉片，我想像它是大氣的背脊，而大氣就像是巨大的獸類；逆鱗就像是翻過去的樹葉。這些逆鱗如果是出現在心裡，就會有刺刺的、不順的感覺，所以下一段談到某件無法忘懷的事情，就像那個逆鱗一樣，卻又同時發出眩目的閃光。你永恆在抵抗它，但又永恆在證實或延長它的壽命，那樣一種無可奈何的寫作動機。

最後看到的仍然是葛拉斯。他在一條鄉間小路的盡頭或開頭，旁邊有個垃圾桶。這也是一種寫作狀態：不知何時是終止、何時是開頭，很多東西也許是垃圾，但也可能是某些可以重新利用的資源。他的〈偶然之間〉說到：「這些詩句就偷偷潛入，後來它們卻宣稱早已坐在了桌邊，和大夥兒一起扯淡。」詩或文學的元素，可能本來就存在於我們周圍，但是你有沒有用藝術家的眼睛捕捉到它，並且用適當的文字——不是「美」的、而是「適當」的文字——呈現出來？文學最重要的其實不是「美」，而是「真實」。「真」是非常難做到的。也許是醜陋的，但是因為你的真誠，它不會俗氣。做到了「真」，也就會達到「美」，但是「美」卻不一定是「真」，如果是以「美」作為第一要件，就常常會粉飾了很多東西。我覺得可以結合這樣的觀念，變成在寫作中追尋日常的靈光以激發自己。

現場問答

問：我曾經想要強迫自己用一天或是至少一週練習，要自己去學會創作，但我不知道這樣是不是好方法，要怎麼樣激勵自己創作呢？

（中文二　江筱鈞）

答：我最早開始創作是國一，那時有強烈的發表慾，很喜歡看文字被印出來的感覺，一旦發表過就會像上癮一樣不斷地寫。所以作家其實都有相當程度的暴露狂，尤其散文這個文類，需要有勇氣去挖掘內在的東西，而不害怕暴露。像是張愛玲，一生都在暴露她和母親猜忌的親子關係，但是有相同經驗的讀者就會產生很強烈的共鳴、得到慰藉。

寫作初期需要常寫，但非機械化地強迫自己每天寫多少字。現在網路媒介非常發達，你可以用它來鞭策自己，每天寫一則東西。在每天的生活當中找一個「梗」，描寫一個小東西、小事物的細節。譬如花，它如果是紫色的，又是如何的紫呢？如果長期累積的話會很有成效。除了天分之外（天分可能會讓你對事物很敏感），「練習」可以培養寫作的理性，不是靈感從天而降就可以讓你突然寫出偉大的作品。但

出發點還是感性。練習的過程也包含閱讀，從閱讀中感受、吸收文學帶給我們的情緒和氛圍，思考自己是否也可以達到這些效果。雖然一開始都有模仿，但最後可以發展出自己的方式。

問：作為一個作家，在寫作的時候，會不會有時候感情沒有辦法透過文字好好傳達出去，或是被讀者正確的理解？每個人的理解都會不同，老師是傾向於採取能夠讓大眾理解的方式，還是堅持自己獨特的解釋？

（中文二　趙芷涵）

答：我曾寫過一首詩，我覺得是那一年我寫得最差的詩，但卻被選進年度詩選。因為那首詩本來是情詩，卻被向陽老師解讀成描寫二二八。所以，我寫作的時候，通常是不考慮讀者怎麼看的。但是你還是可以為自己寫的東西來定位要不要在意讀者。訴求大眾的小說其實非常難寫，至於現代詩這種文類，因為它的邊緣性，可以容忍你最前衛的實驗，容忍你更大幅度地實驗對語言上的想法而不用那麼在意讀者是否懂。重要的還是在於你對文字的敏感程度。一首好詩往往可以容納多種解釋，它是容許歧異性和曖昧、含混的成分，這些曖昧性往往也是一首詩的魅力來源。

因此寫作的時候，不管哪一個文類，應該先考慮到這樣寫是否滿足自己對寫作的要求。至於讀者，則是要留較大的空間，讓讀者自己去想。

問：寫作的時候，會有某一種情緒或是情感的狀態，很想把它——不管是以哪一種寫作方法寫出，但覺得「情溢乎辭」，沒有辦法完整的表述出來的時候，應該要怎麼辦？

（中文一　薛雅倫）

答：情溢乎辭更好。有時甚至可以作者寫一點，讀者卻感覺到更多。「完整表達」很難界定，我會強調含蓄的、暗示的手法。其實就是，儘管作者的感覺有一百分，但只寫了六十分，剩下的便留給作品自行發散。好的作品常常是讀完後，會有某種感覺在讀者的心臟深處暈開來。如果你在寫作的時候，覺得文字無法追上強烈情感，那就不要追了，就停在那裏吧！讓那情感自己透過有限的文字，無限地發散。就像走到一處斷崖，戛然而止，但斷崖下卻是你洶湧海水般的情感。

問：我們讀外國詩時，常可以讀到它的押韻很自然。但是在國內，譬如流行歌，雖然也有押韻卻會讓我覺得刻意和流於俗氣。請問老師，在創作詩的時候，是要在格式的限制下尋求發展，或是自然就好？

（中文一　陳姿穎）

答：從戴望舒以降，直到紀弦，乃至於台灣整個戰後現代詩，強調的都是「自由詩」。但自由詩並不是指不可以押韻、有平仄和格律，而是，只要適合詩的情感，仍是可以運用這些形式。所以現代詩，每一首都有它自己獨特的韻律，因此是否押韻，很可能全取決於作者想表達的感覺。歌詞則是配合曲產生，所以嚴格來說，歌詞和詩還是不一樣的。詩的文字，獨立性更高，但歌詞的主體在旋律。

我們在現代的寫作上是有趣的，它朝向自然去發展，對我來說，真實和自然仍是我主要追求的，是一種狀態而非死板的形式。如果一首詩部份的押韻可以更符合情感，那麼可能也會產生一種俏皮的感覺。

問：我在寫文章的時候，可能是受到高中或以前的教育方式影響，總覺得文章都會變成是一種固定的模式，感覺寫得不是很好，但它又像是進到了骨頭裡面，改不掉。要怎麼樣調整不好的創作風格呢？

（中文二　劉文鳳）

答：那妳覺得這種模式指的是什麼？是一定要開門見山、頭尾呼應、起承轉合嗎？（答：差不多是。）其實這種寫作方式並沒有不好，只是它不是唯一的方法。「方法」或「形式」對於作家可能未必有自覺，因為很多已是完全內化了。主要還是在於內容。頭尾呼應並沒有不好，但寫的東西是你真實的感受嗎？這才是重點。

如果害怕自己墜入這種泥沼中，可以拿給朋友批評。藉朋友的批評，可能讓自己發現是否因為擅長某種技巧（譬如頭尾呼應）而不自覺地往那個方法過去。所以我覺得要保持一種「自覺」，還有禁得起打擊，因為你可能會遇到粗糙的讀者、或者是正確指出文章缺陷的好讀者。

問：剛才在〈淡水〉那一首詩裡面，你講到螃蟹走路那部份，用了一個很特別的字就是「篆」。之前我在老師的臉書上也看到你特別提到這個字。老師為什麼會對這個字情有獨鍾？

（中文三　廖紹凱）

答：我很喜歡「篆」這個字，除了這個「泥篆」之外，我還用了兩次「蝸篆」。但又覺得「蝸篆」是很造作的詞彙，不過其實創作就是一個標新立異的行為，有時也要自鑄新詞，只要有它的道理、符合你需要的情感或寫作上要傳達的就好了。

文字本身就是人類爬形的過程，就像蝸牛爬行過會留下濕潤的痕跡，螃蟹的爬行也有痕跡，文字的最早不也是這樣？螃蟹一生爬行過的痕跡，就是牠人生的意義。我用「篆」這個字表達彎曲，但又同時是比較原始的文字痕跡。它一方面是動物的痕跡，一方面又是人類文字的文明過程，雙重指涉。所以我很喜歡用這個字。但最重要的，還是在賦予它不同的豐富意義，以及作者本身想要它散發出什麼樣的氣息。

林文義

1953年出生，臺北人。現專事寫作。散文行世30年後潛心小說、53歲習詩。著有散文集《迷走尋路》、《邊境之書》等，近期出版《遺事八帖》。小說集《藍眼睛》等，詩集《旅人與戀人》，漫畫集《西遊記》、《三國演義》等。

水煙紗漣文學獎系列講座——

奇妙的隨身筆記本

我在新聞界待了十七年，是那時候的第一個政治評論人，但是這幾年我覺得應該要回來寫文學，到今年已經四十年了。我小時候不喜歡念書，喜歡畫漫畫。文章寫得比我好的作家有很多，但有一點我很自傲：這些作家裡面只有我會畫漫畫！我出版六本漫畫，第一本漫畫是《西遊記》，已經出版了三十年。

年輕時原本打算考美術系，但是術科沒過，往後到《自立晚報》編輯副刊。常有同學問我：「要當一個作家是不是要中文系畢業才可以？」以黃春明老師為例，他是一個國寶級作家，卻不是中文系畢業。藉此告訴各位同學，不一定要念什麼科系，才能寫文章。

以前參加文藝營的時候，老師有司馬中原、瘂弦、余光中，他們都很會打啞謎，我問老師說：「怎麼樣才可以成為一位作家？」老師這樣回我：「你都還沒有開始寫，怎麼變成作家？作家是從學習開始的。」我又問：「好的作家是怎麼樣？」他說：「活過人生你就知道了。」

記得十年前有個廣告非常動人，那是一則新聞故事：日本有一架飛機載了三百多人，在富士山附近發生衝撞，後來在現場找到一張紙條，上頭只有一句話：「請好好照顧我們的孩子。」我想鼓勵大家，文學沒有那麼嚴重，文學就是我手寫我心。

我都會隨身帶著筆記本。有時候翻翻筆記本就可以找到一些東西，我身上的筆記本裡面有張小紙條，是詩人白靈寄給我的，寫說：「文義兄，我已結婚，謝謝你送我紅包，銘感五內，所以現在寄上喜餅，祝福。」筆記是一件非常有趣的事情。比方說大家都會有的經驗，國高中的時候，老師把你逼得太緊，就會覺得這個老師恰北北，考試考零分，就會在考卷上畫漫畫，把老師畫得像鬼一樣，全身插滿刀。這就是創作的開始。

大家對文學抱持著什麼樣的態度？不要認為文學是一件很嚴重的事情。記得有次在文藝營，有位同學問我一個問題：「老師，請問波特萊爾跟哈利波特是什麼關係？」我認為這也是一個問題，至少它會引起你的興趣。

有很多同學會問我：「你覺得網路文學怎麼樣？」我不能評論網路文學好不好，擔任二十幾年的評審，聯合報、中國時報、自由時報……，大大小小的文學獎都有，為什麼說網路文學不算文學呢？網路文學很難控制，比方說曾經發生一些案例：一個俄文系的同學，將俄國的現代小說翻改，認為很少人知道，就翻寫之後投稿文學獎；另一位中國大陸的作家，現在在大學任教，參加文學獎被取消資格，因為他的作品曾經在網路上發表過……。

一般來說，散文是寫自己的內心世界，小說則是虛構的舞台。有人會說文學是欺瞞感情的一種方式，文學到底要不要誠實？張曉風教授曾經說過一句話：「散文是把自己放在透明的盒子裡面，所以難以遁形。」寫散文絕不能虛偽，而編故事就是在寫小說。我是全台灣年紀第三大才開始寫詩的人，在那之前用五六年的時間寫小說。文學就是什麼都該嘗試，它是很奇妙的，把文學當作生命的演出，豁然間就會了解。

文學很有趣的是把文學當作顏色、文字當音樂，與自己的靈魂對話，寫散文就

是如此。寫散文要真；寫詩要像畫畫。我到五十三歲才開始寫詩——情詩。曾有人告訴我：「不錯，五十三歲才寫詩，你看我五十六歲才寫。」他就是鼎鼎大名的爾雅出版社老闆——隱地先生；後來有一位老朋友說：「等一等，什麼隱地是最資深的？我六十一歲才開始寫詩。」那就是黃春明先生。所以寫詩是沒有年齡限制的。

有人認為作家的年齡越大寫得越好，但並非如此。法國有個天才女孩，十八歲寫了一本書叫《日安，憂鬱》，震驚文壇，她的名字叫莎岡。但可惜的是之後她就越寫越糟了。再舉個例子，白先勇先生的小說你覺得哪一本寫得最好？《台北人》。你讀《台北人》就好了。各位千萬不要譴責作家，批評哪一本書比較好或比較壞，對於一個負責任的作家來說，寫了一部好的作品，第二本書就不會再寫一樣。

台灣的社會很奇怪，苦苓曾經有句名言：「寫得越好越難賣」。這就碰到一個問題，我們要如何選擇好的文學？當兵時兵變，心情很難過，那時候手上拿一本鄭愁予的詩選「這次我離開你，是風，是雨，是夜晚」；而女朋友就讀〈錯誤〉的「我達達的馬蹄是美麗的錯誤」真正能安慰自己心靈的是閱讀和作筆記。

現場問答

問：請問史學跟文學之間的關聯性如何？從文學的角度怎麼看史學，這兩者是如何結合？如龍應台寫的《大江大海》，是把它定位成文學，還是歷史？另外，只出了一本小說的作家不算是作家，真的是這樣嗎？苦苓曾經說「寫得越好越難賣」，那麼台灣人都喜歡看什麼樣的文章？

（歷史四　許雅婷）

答：提到龍應台女士的作品，是採用文學的筆觸、散文的寫法，細看《大江大海》，會發現，龍應台女士用的不是報導文學的形式。李喬先生的《寒夜三部曲》、東方白先生的《浪淘沙》，都是將台灣的近代史加到小說中。歷史就是歷史，文學就是文學，歷史可以用在文學上當作背景，但要注意不然會造成限制。最重要的是文學怎麼用心去詮釋那一代的心靈。

只出一本書，只要他寫得非常好的話，他就是一個作家。

第三個問題有點諷刺。文學是個人的，聽說現在最受歡迎的作家是御我，先不要問她的作品留下與否，我比較自命，只要你覺得舒服就好，一個人「誠實」最重

要，誠實才能寫出好作品。我們靜心去比較，嚴肅文學有它的好處，而流行文學也蠻好玩的。

問：老師您好，請問老師畫漫畫有什麼意義？只是娛樂嗎？我是馬來西亞的僑生，在馬來西亞要成為一名作家，除了文筆，還要有雄厚的資金，以及出版是否會被查禁。還有老師您說在台灣寫作是蠻辛苦的一件事，到底是如何定義？最後想問，您對海外的作家有什麼看法？

（社工一　李進友）

答：我知道馬來西亞有很多管制，包括華文書。很奇怪的是，在台灣有一群馬來西亞來的人，現在很多在大學當教授、當中文系的老師，比如說鍾怡雯、還有《大河盡頭》的李永平，他是在唸完台大外文系後，才到西雅圖的華盛頓大學攻讀博士，所以不需要厚此薄彼。

我的漫畫在二十幾年前連載，我覺得畫得不如人家好就不要畫了，說好聽點是謙虛，說難聽是沒膽子。蔡志忠曾經問我：「你到底是要當文學家還是漫畫家？」只能擇其一。我覺得畫漫畫沒有他們畫得好，所以回來寫文章，因為文學是沒有東西可以比的。我覺得漫畫中間絕對有文學的因素存在，是哀愁、文學、歡樂，這就是漫畫。

問：聽老師說曾經當過副刊的編輯，可以請老師分享當編輯的秘辛嗎？如果有意願從事這行該如何準備？

（中文二　劉文鳳）

答：編輯不僅只是平面文字的工作，現在電視如新聞主播，他們手中的講稿，都是由編輯所出。報社有很多副刊編輯，他們的背景很有趣，大都是作家出身。編輯對文字要很敏感、能改稿子。當編輯很有趣的是將一本書做精美的包裝，一般的雜誌都會配有美術編輯，這時候文字編輯的工作，就是要下標題。要下一個嚇死人的標題，才能吸引住讀者。

當編輯第一要對閱讀有興趣，第二要通讀。應徵編輯的時候，交一篇你曾經登在暨南大學的校刊；最好要有一篇發表過的作品供人家品評，如果得過文學獎的話那就更好了，這些都是應徵最好的條件。

問：老師的背景是新聞記者，一路過來有很多的經歷，回頭看自己記者的身份時，參與政治這些部分可以和我們分享嗎？

（中文三　廖紹凱）

答：我這輩子最大的心願很小：畢業後進報社當副刊編輯。那時我的大學老師是瘂弦，他曾經跟我說，你文章寫得蠻好，畢業以後去副刊當個編輯。我覺得台灣這個環境很奇怪，為什麼台灣不能產生真正的大藝術家、大文學家？其實台灣文學比起中國大陸文學好太多了。歐洲開始接受中文文學，只看到文革時期的傷痕文學，沒有看到台灣的文學，因為他們認為台灣是中國的一部份。

你從來不知道將來要做什麼行業，所以我會告訴自己，當下做什麼事情就要把它做好。之前，幫民進黨黨主席施明德先生，是因為我覺得施明德先生這個人很有趣，想瞭解他。第一次見到他是在監獄，那時監獄管制要刷卡，有十一道鎖。我們在外邊等他，他整理頭髮整理了十分鐘才出來。有一位邱晨先生，帶吉他進去探望，被其他人包圍，要求他把吉他交出，他問為什麼？他們回答說：「如果你去暗殺施明德先生該怎麼辦？」這又不是是西班牙電影，難道吉他裡面會有衝鋒槍？

因為有這樣的經歷，不論寫出來與否，都是非常有趣的人生體驗。如果想要當作家，就要努力地去閱讀，標準要訂得很高，認為自己是最好的，不斷地閱讀，參考大作家的作品，不需要求結果如何，只要過程好。

問：我是觀光系的學生，因為科系的緣故，喜歡閱讀旅遊文學方面的作品。然而我覺得台灣這部分的作品，很少看到寫得好的，我想要問老師對旅遊文學這部分有什麼看法？

答：太好了，這問題就要請教我太太。

曾郁雯小姐：同學問得很好，你發覺到台灣的旅行文學不夠好，我想不是全部都不好。最重要的是，我們要的是偏重旅行而不是偏重文學。我在寫《京都之心》的時候，是以文學的筆觸寫旅遊、旅行的紀錄。重點是用什麼心情角度、書寫的方式來表達作品的重心。我經常舉一個例子，大家都知道法國在評比餐廳是用米其林為標準，但是在法國米其林餐廳中，有這樣的規定：不管是幾顆星的米其林廚師，必須要到幼稚園幫小朋友做一到兩次的餐點，不是烹調豪華的套餐，而是適合小朋友的菜餚，這是要教小朋友如何辨認食物好吃或是不好吃。也就是說，我知道什麼是好

的，但我還要知道什麼是更好或者是最好的，這樣我們的未來才會有願景。如果你覺得別人寫得不夠好，那就自己來寫，這是對自己的要求，我們可以一起努力。

散文決審會

評審老師

嘉義人。現任教於淡江大學西語系。譯有《在妳的名字裡失序》、《冰冷肌膚》、《如此蒼白的心》等書。

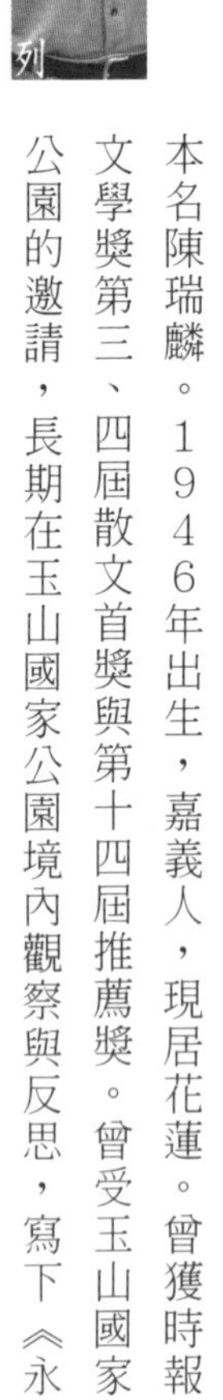

本名陳瑞麟。1946年出生，嘉義人，現居花蓮。曾獲時報文學獎第三、四屆散文首獎與第十四屆推薦獎。曾受玉山國家公園的邀請，長期在玉山國家公園境內觀察與反思，寫下《永遠的山》。另著有《地上歲月》。

1978年出生，高雄人。台灣大學中文所博士。現任教於台灣大學與清華大學。著有詩集《屏息的文明》、《你的聲音充滿時間》、《少女維特》。散文集《海風野火花》、《雲和》。

陳　列：主任、老師、各位同學好。我們的評審分為幾個階段進行：按照散文獎的徵選辦法，必須選出前三名還有佳作三名，所以我們三人將先從入圍的作品中各自圈選出六篇；統計之後，依序從一票的作品開始來討論，討論完畢之後再進行第二次的投票或是給分。我們現在開始第一輪投票。

第一階段投票

一票：戴毓芬〈海葵與小丑魚〉

楊佳嫻〈老馬〉、〈關於埔里鎮的兩三事〉、〈願在海中睡眠的人〉

陳　列〈弔唁〉

二票：陳　列、戴毓芬〈妳的重量〉

三票：〈菸〉、〈味道〉、〈捕，嘸影〉

總評

楊佳嫻：在這十八篇作品當中，富有生活實感的作品很少，這對散文寫作會是一個很大的缺點。同學如果喜歡創作散文，我建議你們盡量寫，並非不能用一些豪華精美的詞彙，但是當我們去描述一種感情，或者是對某一個人的懷念、對某一個地方的感受時，必須有一些具體的事件來顯現你跟這個人、這個地方，或是這個物體之間的關係是什麼。要強化這種關係，就需要非常具體地描摹生活當中的細節，這是一個創作散文不可或缺的能力。比較可惜的是，這次的作品當中有兩三篇其實具有相當的能力，但是大部分的作品，多沉湎在個人較抽象的感情，迴環纏繞在表達上而忘了使用一些具體的事件或是細節顯現它。這部分是很重要的，避免讓自己的文章變成架空的狀態。再來，文學作品裡面會有很多形容詞和漂亮的詞彙，但是它們用在這個文章裏有沒有確切的必要性？能不能達到你想要的藝術效果？有些時候與其寫那麼多形容詞，不如把形容詞全部拿掉，讓動作去帶起文章的節奏，可能會比想像中的效果更好。所以我建議大家盡量觀察生活當中的細節，以及盡量減少意象的形容詞。

戴毓芬：我也有一些個人的觀點，剛剛楊佳嫻老師講的，其實張愛玲很多文字堆砌的手法會有唯美的感覺。不可否認地，我個人其實很喜歡那種在文字裡面堆砌的一些影像，但是要堆砌有說服力、有起承轉合。有幾篇就是很簡單的描述，例如〈妳的重量〉還有〈捕，嘸影〉和〈菸〉，它就是非常生活的感覺。像〈菸〉，一般可能會覺得菸是無益的，但是它寫出三代之情，〈海葵與小丑魚〉就展現一種青春洋溢。堆砌的文字如果太過虛空就沒有辦法呈現散文的優美。整體來看，有些作品的開頭不錯，但是下面的敘述卻沒有承接主軸。這是我的看法。

陳　列：我對於題材倒是沒有特別的偏愛或偏重。各位同學當然可以只是寫自己熟悉的東西，比如寫埔里、寫日月潭，這些都是相當好的，但需要像楊佳嫻老師所言，要盡量朝著生活的血肉跟形貌做比較深入的觀察和描述。去描述它的世界。散文其實有很多圖像，讓圖像自己生動地說話，而不是在文字上做很多所謂文藝腔的表達。不管題材是什麼，一定要落實到兩個基本的要求：一個是文字上的鍛鍊和推敲，以求達到很重要的「自然」。有那樣的文字之後，還要表達得有條理、有層次，讓人看到你如何展現這麼多的材料和自己的風格。我不太注重你們寫什麼，而是怎麼寫、讓人看到了什麼，或是有沒有自己獨到的見解。

我們現在開始由一票的作品先討論，先從〈海葵與小丑魚〉開始。

一票作品

〈海葵與小丑魚〉

戴毓芬：這篇文章它有一些文字的影像，一開始可能用很濫情的描述，但我覺得很青春，有一種少年強說愁的情感。它又在整個文章中紀錄成長的經歷，我還蠻喜歡這類文字的陳述。

楊佳嫻：這個文章寫的是愛情，而且是非常早熟的國中階段的愛情。這種愛情其實可能很多人都經歷過、同樣會感覺到一種難捨跟痛苦，尤其裡面又涉及死亡，但是它沒有深刻到可以說服我。有一些感情可以寫得淋漓盡致，你讀的時候甚至會覺得有海浪打在你的臉上，但這一篇還不至於讓我有這樣的感覺。所以我在讀這類文章的時候，可能會想看一看作者有沒有比較特殊

的意象或是想法，來寫一個千百人寫過的東西。

陳　列：像這樣的一個青春戀情，事實上是可以留下非常深刻的東西，要緊的是該如何表達這種動人和你自己特別的情懷。這篇文章最大的問題在於鋪陳瑣碎且欠條理，是散漫的。作者寫這樣的題材時材料的配置是相當重要的，也就是說精緻度是相當重要的。

〈老馬〉

楊佳嫻：〈老馬〉是我投的。這個題材很特別，試圖去探索自己做這些事情有什麼意義。但是我覺得這篇文章並非完美，充滿了太多枝蔓，需要大幅度的剪裁把中間枝枝枒枒剪掉，會比較完整以及緊密。不過它處理的方式很不錯，尤其是談到他跟這些老人相處的方式，作者有自覺地在經營這個東西，他也有他自己的結構，他想去探索一些比較核心的形而上的東西、去自省自己的生活。可惜的是表達的部分沒有到非常完整。我想，參加文學獎的作品跟我們一般的寫作是有點不太一樣的，你需要在單篇上把它變成一個自主的小宇宙，盡量的讓它壓緊並且讓它完整，可能會更好。

戴毓芬：這篇看起來很新穎。但可能文字的呈現比較弱，不過其實從另外一個特別的角度來切入，也看到了你對弱勢團體的關懷，而且和標題〈老馬〉有連結。

陳　列：事實上這篇文章有很多文字上的問題：文字不夠清晰、思緒跳躍、多處意思不明。文字可以表達得非常複雜或者絢麗，但是推敲是要非常慎重的，比如說像佛克納，雖然有人說他的文字像大西洋的海浪，一波接著一波糾纏在一起，但是這樣的長句仍是經得起分析的。

〈關於埔里鎮的兩三事〉

楊佳嫻：〈關於埔里鎮的兩三事〉跟前面幾篇一票的作品出現相同情況：文字非常枝蔓，思維也有一些漂浮。這篇其實有一些漂亮的文句，比如「夜裡下山的時候山林竟沉成人的樣子，在那條路上，彷彿可以聽見山林的呼吸聲，一種徐徐的、不急不緩的聲音，我也彷彿見了山林眼睛微閉的樣子」或者下面一段講到「肥大的芭蕉花委靡下垂，淡紫色的芭蕉血脈爬滿了淺綠的花莖」。甚至會令我想到龍瑛宗，有一種華美、頹靡的氣息，但又是很平

凡的事物。作者有潛力寫出更富文學張力的句子，他對全篇的控制沒有那麼好，他沒有辦法支撐起這樣的文字水平。「二三事」通常會比較像隨筆，而隨筆就需要顯現智慧，有一些靈光的東西才會好看。但是如果沒有抓到一個比較不一樣的思想重點，它會變得散漫。所以這篇文章很可惜沒有提出比較特殊的思想上的靈光，但是我想要特別講這個作者是有詩意地開化。

戴毓芬：我對埔里不熟，所以我可能會把它歸類在旅行文學。我覺得它的思緒、整個架構，沒有讓我看了之後會想要去這個地方，或者是對這些人、事、物有所感動。它的架構沒有十分的說服我。

陳　列：這篇題材是可取的。但是它有思緒零亂的問題。在文章鋪陳上欠缺脈絡與層次，無法讓讀者真正進入到對地方的認識和情感。其次是文法上的一些錯誤，造成了語意上的含混。這篇文章裡面有好多小小的材料，事實上這些材料就是佳嫻老師提到的「細節」，但你必須把相關的細節組合起來，並且進一步去充實它。如果沒有，讀者就不知道會被帶到何方，內容也會變得過於瑣碎。

〈願在海中睡眠的人〉

楊佳嫻：這一篇在文字上其實有非常大的問題，作者想要表達一種沉入生活底端，好像心中出現了一個黑房間或黑井，掉到裡面、無法飄浮起來的絕望。但裡面很多重複的抽象描寫，仍然需要再壓縮。文字經過壓縮之後情感的純度才會提高，讀者感受到這種撲面而來的黑霧也才更為強烈。這篇的題材應該是跟同志有關，它給我的感覺是涉及男同志對女同志的閱讀，作者在尋找可以讓他寄託的潛行的文本。但是這些閱讀本身給你的力量或感觸，沒有被強烈地讀到，尤其是像邱妙津的《鱷魚手記》或《盛夏光年》這部電影，都指向和同志情感相關，但在文章裡應該跟它做互文，也就是這些典故跟你自己的情感之間應有互相輝映輻射的能量，可替作品加分。所以如果我們要把別人的作品放在自己的文章裡面的時候，它必須跟你的心結合並且輻射出某一種光暈或力量來。這樣你就必須更為誠實，然後用非常具體的意象表達出來。

因為這次的決選作品裡面很少關於這個題材，我覺得這個題材還需要開拓，所以特別提出來這篇。

戴毓芬：我的理解也是文中的互文性抒發沒有加強，變得有點雜碎。像這種同性之愛，它也跟任何的愛情一樣讓人動容。作者寫的時候可以更加細膩、更加大膽，因為其實現在的社會都是可以接受的，所以對我而言，這一篇的情感可以再更細膩、更深入一些。

陳　列：這一篇雖然是用第二人稱來指涉，但事實上也可以把它看成是一種內心獨白，所以它的敘述觀點相當特別。但我之所以沒有選它，第一個原因是它引用了那麼多的典故，但並沒有因此增深要表達的東西或是達到互相輝映的效果，因此變得有賣弄之嫌；第二個是修辭的問題，複雜的內在情感有時的確很難用明白清楚的文字去表達，但無論如何，還是得要努力去找到那更相應更準確的文字。總而言之，包括文字、修辭、甚至章法，我都覺得有些造作。

〈弔唁〉

陳　列：這一篇文字非常通順，但是整體布局和整個內容材料是不太妥當的，敘述顯得相當冗長，甚至雜亂而使得主題失焦。

楊佳嫻：這一篇我抓不到作者的軸心。開頭的時候有某個女孩子死掉，但是為什麼這件事情會帶給主角這麼強烈的感覺？除了鄰居之外有沒有別的原因？後面阿嬷的部分，細節寫得還不錯，也很仔細，這個部分是有力量的。但是前後的部分，前面不太能夠說服我，而後面部分顯得瑣碎，有點可惜。

戴毓芬：這一篇一開始我覺得還不錯，但是中間，就像作者自己都覺得有點離題了。不過我覺得如果中間要寫到村子，那可能也可以把對村子的情感跟這個過世的女孩、跟童年時期作一個連繫。

二票作品

〈妳的重量〉

戴毓芬：我選這一篇是因為作者從自閉的這一個角度觀察社會現象，而且他往前看的同時又頻頻回顧他成長的痕跡，文字掌握平實又很純練。結尾的那句話也呼應了先前他自己呈現的心情。

陳　列：文字大體通順。我認為這篇想要表達的是靈魂自有它的重量，但靈魂並不

一定是人，也可能是物。所以裡面可以看到這個人或這個物留給他的或深淺或久暫的記憶。但是正因為重量的多少端看留下的記憶有多深刻或是多長久，文章在材料的組合鋪陳上應該再加強這樣的焦點。但作者的材料是紛雜的，文章的發展因而也欠缺條理。文意的轉折應當讓文章往前走，使文章更有深度，或說讓這篇文章探索出另外更多東西，而不是只在少量的意思上繞來繞去。

楊佳嫻：我想要再提兩點，一個就是它花了好幾段時間去討論「記憶」這個東西，它用的是議論的雄辯姿態。但是如果作者要在小說或散文裡面放進這種議論的東西，並且還要跟原來的敘述紮在一起，較難駕馭，而且在雄辯跟議論的部分能提出特殊的見解。我們讀米蘭昆德拉的時候常有拍案叫絕的感覺，就是說他怎麼能夠這樣詮釋歷史、詮釋情慾，或甚至詮釋「痛」的感覺。但這個非常難做到，所以在一個比較基礎的情況之下，我會比較建議同學不要這樣做。另外一個比較小的問題，這篇文章叫做〈妳的重量〉，但是它全篇文章都稱「她」，在最後一段才突然變成「妳」，會有一點疑問。

三票作品

〈菸〉

楊佳嫻：這一次的參賽作品當中有兩篇對於生活的細節能夠作相當細膩而且好看的描寫，主要是〈菸〉跟〈味道〉這兩篇。〈菸〉這篇是我最早圈選的作品之一，他對於父親抽菸時怎麼在菸斗裡面壓菸絲或要注意什麼之類，講得非常的細緻，透過物質的技術去傳承感情，但其實涉及好幾代的情感。他講到自己年輕的時候，對教條法規感到不滿，但無能為力，才利用菸來當作消極的反抗。那菸的嗆辣，就反映在他們當時的身上，因為青春的本質也是嗆辣的，但是到現在他已經長大了，菸依舊有菸的嗆辣，「但是我們卻柔順了不少」我覺得這裡寫得很好，透過菸表達自己成長裡帶有的哀愁。這篇文章就是在講「菸是記憶裡面的味道」這麼一個簡單的東西，所以我讀到後面會覺得有一點單調，但是前面細節的部分很成功。

戴毓芬：一般不抽菸的人可能會對菸很反感，但看完之後我覺得，菸也可以讓人感動。從這個動作道出跟爺爺、爸爸三代的感情，很生活化、很平淡，但是

在平淡裡流入真情，在閱讀的空氣中彷彿你也聞到菸的味道，或是看到煙在你眼前冉冉上升的樣子。

陳　列：事實上這是一篇很規矩的文章，文字平實、語氣自在，鋪陳很有層次跟條理。第一段是破題、第二段就寫爺爺抽菸、第三段爸爸抽菸、再來是朋友抽菸，最後自己抽菸，這很有規矩，但這也可能成為這篇文章的問題所在：讀到後來似乎變得單調。因為作者往往只提到某個事件但接著卻沒有進一步敘述。比如，關於爺爺抽菸，雖曾提及有過可歌可泣的動人故事，但並沒有告訴讀者這些故事是什麼，因此無法豐富爺爺的生命或生動呈現爺爺跟菸的關係；再如爸爸抽菸，他也提到蔣勳的《孤獨六講》，但他直接引用，沒有什麼發揮，這樣的感懷是別人的，而不是自己的。

〈味道〉

楊佳嫻：這篇我也很喜歡。它講了好幾種味道，它著重發揮的是他們的家族事業，也就是釀醬油的這個部分，寫得非常的仔細，有好多的細節是非常好看的，而且在描寫細節的過程，不需要加任何情緒的言語，這些本身就會讓我們知道你有多麼懷念你的家人、跟你的家族之間感情是多麼的好。這文章後面還有寫到萬金油的味道和別的味道，但是這部分好像跟前面醬油的味道不太成比例，有點像是陪襯之筆，比重上有點奇怪。另外修辭上的問題，這個不只是這一篇，很多文章都有出現的喔！例如作者講到她幫外公按摩的時候會非常小心，怕施力不當，在外公的皮膚上留下瘀血的痕跡，這時候前面就不要再寫「令人心疼的」了，這個是多餘的，你不需要特別告訴別人說這樣你會心疼，我們看了你的描寫就知道你是很心疼外公的。不要怕讀者看不懂，讀者可以自行體會這些。我覺得這些部分是讀者可以自己去補完的想像，如果可以把它去掉的話，同樣的文章會更緊縮一點，而且可以留給讀者一點空間。

戴毓芬：我們對一些事物的記憶可能是用影像，但是它從味道來陳述一些生命中的記憶，那就是它吸引人的地方。剛剛楊老師講的時候，我也想到譬如像《長日將盡》那種小說或者是它改編成的電影，有時候不需要那麼多的言語，它的張力會更大。

陳　列：這篇文章可以稍微跟剛剛那一篇〈菸〉比較，它們基本上的結構是一樣的。

這篇談到味道，醬油的味道、萬金油的味道、病房的味道，事實上它也是由這幾個東西鋪陳和架構起來的。但是這些味道所佔的比重不太一樣，醬油的比重太多了。還有它的一個缺點是第一段整理以後，其實只有幾句話而已。趕快進入主題，前面才不會浪費十幾行的文字，用一行兩行就可以寫得很簡潔。

〈捕，嘸影〉

楊佳嫻：最後這一篇就是屬於那種我一定會選的，最接近詩的一篇。雖然文章有點長，但是它時時閃現近於現代詩濃縮、跳躍的文字，這種文字在這裡是獨一無二的。這種文字跟文藝腔不一樣，它是有自覺地鍛鍊與壓縮意象。我想要唸一些打動我的句子，例如他說：「拼命的父親一生無所懼，卻時常泊靠菸雲」，或者是他說「家」這個字眼，「它是表演是伎倆是母親施壓時的鎂光燈，猶似審問的投燈，燈光熠熠，埶於光底的陰影是我犯過錯，襯著我的不該與不對」等等。除了特殊意象的使用外，還包括文字的節奏感。我覺得散文也可以有如詩一般的節奏感，大家可以去朗誦楊牧的散文，他的散文句子充滿彈性，而這些彈性、節奏完全應和他所要講的情感的內容，也就是形式跟內容合一，讓形式來證明內容。這個作者有自覺地在想這些東西，所以我覺得很好，他在散文裡面放進了「詩」的元素。

戴毓芬：在閱讀這篇的時候，我覺得他每次在一串的敘述之後就以一行文字，好像在湖邊投了一顆石頭，然後湖面就會激起漣漪的感覺。他先鋪陳一些敘述，然後在每段的末尾接續簡短的一行文字，有時候是平淡，有時又很濃郁。

陳　列：這篇寫得相當好。在文字上用了一些文言和少數的台語，形成了一種靈活變化又很獨特，讓這篇文章帶有一些很特別的精簡而生動的敘述魅力，這個作者對文字是相當敏銳的。就題材而言，這篇文章的題材相當大，他是從阿嬤或是母親齊言斷定了「俉兜的查鋪人攏仝款，我攏看嘸」這裡開始，他看到人在世界上的一種存在，包括爸爸媽媽，包括自己的生活、他們的生命、他們的愛情、親情、友情的這些糾葛、迷惘和困惑；他處理的內容非常豐富。也許仍不免有一些小小的瑕疵，但是可以用這麼一種敘述的腔調、敘述的語言去處理這樣的題材，這個作者是很有思索的。我很

肯定這篇。

得獎名單

首獎：〈捕，嘸影〉
貳獎：〈味道〉
參獎：〈菸〉
佳作：〈妳的重量〉、〈老馬〉、〈弔唁〉、〈海葵與小丑魚〉

現場問答

問：我覺得，作者要從文字表達自己的經歷或背景好像比較困難，我看〈老馬〉這一篇，因為我自己有兼職李季準馬場的助教，知道裡面確實有一匹馬就叫辛普森。所以，因為作者可能很難在文字中體現他的經歷，我們在讀的過程可能就很難去體驗到。那這種情況的話我們會怎麼去運用然後表達出來？

（中文五　林子傑）

楊佳嫻：你是老馬的作者嗎？你覺得這篇是在寫真的馬？

林子傑：我不是作者。但它就是在寫真的馬，因為那匹馬就真的叫辛普森。

林鴻瑞：不好意思，我是〈老馬〉的作者。這個就是在寫真的馬。其實我在寫這一篇的時候主題就是寫老馬，我工作的地點是在山上的一間馬場，所以它當然會有些懸崖，當我站在那時，心情的起伏是很難以描述的。因為對工作又愛又恨，所以用隱喻的手法，說老人院是因那邊大部分都是老馬。再來我想要說牠一再的嘶鳴，牠是啞巴兄弟，是一群不會講話的馬，所以在那邊工作，我會覺得不管是去餵食牠們或者是幫牠們洗澡，牠們會非常的開心，儘管不會說出來。我覺得這是一種感動，一種安慰，所以我到最後就寫「答應我一輩子愛我，好馬？」，把那個馬把它點出來，謝謝。

楊佳嫻：我覺得這是沒有關係的，聽完你的解釋之後，大概就明白了你的創作原意。但是就我一個讀者來說，當作者一旦寫完他的作品，作者就等於死了。因為就接受方而言，今天我如果把辛普森當作馬的時候，當然完全讀得通，就像你的親身體驗一樣，但把它當作老人院的老人來解讀，它仍然讀得通。我的意思是，這可能證明你的作品其實是具有豐富的歧義性的，

所以我覺得完全沒有關係，作者現身說法當然也很棒，但是我覺得它可以有別的解讀方式，而這兩種是可以相通的。你寫的是真正的嘶鳴，但是可能我就把它誤解為另一種嘶鳴，而我誤解的另外一種嘶鳴也許是比較類似心靈的吶喊，但我覺得還是說得通。

陳　列：我很贊成楊老師講的。每一個讀者讀出來的意義可能不太一樣，但是你不可能去一一跟每個讀者解釋。如果你真的要這樣寫，你要真的去思考怎麼樣用隱晦的什麼方式去表達，或者可能要給讀者一些暗示，讓他更小心的走進去。

戴毓芬：我們在閱讀的時候可能就是從一個志工角度來看，其實你可以想像出一些身心障礙的人，他們不能用言語，只能嘶吼，這裡面也有它人性的吸引力，所以不管怎麼樣的聯結都是可以的，沒有衝突。一個文章，有讀者閱讀，那這個文章才會存在。那在這篇，可以從你的文章去看到牠們心裡的聲音，發現你對牠們的一種纖細的關懷。

新詩決審會

評審老師

陳黎

本名陳膺文。1954年生，花蓮人。台灣師範大學英語系畢業。著有詩集《廟前》、《貓對鏡》等，散文集《聲音鐘》、《彩虹的聲音》等、譯有《拉丁美洲現代詩選》、《辛波絲卡詩選》等。

本名王志誠，從事報紙副刊編輯近二十年，曾任高雄市文化局長。著有詩集《我的父親是火車司機》、散文集《憂鬱三千公尺》、攝影詩集《陪我，走過波麗路》等共十餘部。曾獲金曲獎、金鼎獎、賴和文學獎、年度詩獎等。

渡也

本名陳啟佑，另有筆名江山之助。1953年生，嘉義市人。中國文學博士。著有詩集《手套與愛》、《憤怒的葡萄》、《落地生根》等，散文集《歷山手記》、《夢魂不到關山難》等，評論集《唐代山水小品文研究》、《渡也論新詩》等。

路寒袖：經評審老師討論過後，決意第一輪先各自挑選六篇心目中比較優秀的作品，之後再就得有票數的作品進行討論。在這之前，先請各位老師針對這次入圍的作品提出看法。遠來是客，先請從花蓮來的陳黎老師發言。

總評

陳　黎：這次作品整體感覺情境上比較封閉，同質性太強了，較少看到有人能夠用自然的語言呈現作品意境。應該盡量避免陳腔濫調、不知所云和堆砌不相干的事物，突顯新奇感卻造成語句不順，表達應該更簡潔、口語、生動。這次回來與有榮焉、念茲在茲，因此會和各位分享我過去摸索的經驗，謝謝各位。

渡　也：我的評斷標準是，詩應該要有詩的質和味道，以及能否感動人，再來就是選材不要陳腔，在主題、想法上展現創意。最後就是技巧——怎麼藉由題材表達主題，至少一定要看得懂，詩寫到晦澀可能是詞不達意，或是眼高手低，裡面一定有讓大家不接受、不理解的地方，以上是我看詩的幾個標準。

路寒袖：來暨大之前我剛評完「全國學生文學獎」和「中興文學獎」，由於這三類文學獎的參賽者年齡相仿，可看出一個共同現象：作品都有強烈的企圖心、旺盛的表現力，但在沉澱、嚴謹度卻稍有欠缺；整體而言晦澀有餘，動人不足，較難以產生共鳴。詩是一種「遮遮掩掩」的文體，製造卻也同時在縮短距離，這聽起來似乎弔詭，但卻是詩的重要精神，我稱之為「創造性的模糊」。回歸到對於詩的要求，詩需要創新，不只是破壞，也要重建。當你破壞一個語法後，若無法重新建構屬於你的美學系統，那這樣的作品是失敗的。這裡面有不少作品是：企圖呈現給讀者一棟大樓或教堂，但我們卻只看到幾片花窗，或一根龍柱。意思是說作品缺乏完整性、有句（章）無篇。

接下來我們進行第一輪投票。補充一下，暨大文學獎始終給我一種感覺——每一步驟都非常嚴整，比全國文學獎都還好，希望可以持續，將來更茁壯。

第一階段投票

一票：陳　黎〈菊島絮語〉、〈向陽光逃難〉
渡　也〈失眠〉、〈若你將從那裡回來〉
路寒袖〈水手〉、〈揮之不去的愛情〉
二票：路寒袖、陳　黎〈蚊〉
路寒袖、渡　也〈情歌〉
陳　黎、渡　也〈Define Comedy〉
三票：〈姆姆，嗎奈？〉、〈當妳漸漸萎去〉

一票作品

〈失眠〉

渡　也：這首詩很有思維，運用特殊角度、元素和表達方式將失眠描寫得很有創意，詩的味道也相當濃厚。結構部分，因為有很多題材、想法，以每兩行處理一個題材，對於有很多元素的詩是好的。有幾段處理得不錯：第一段「覺醒是匿名的」、「黑夜飢餓著，象徵是營養的」、第八段「黑夜預示混亂，人格是掩藏的」、第五段「黑夜在場著，事件是鬆弛的」，因為失眠而呈現出凌亂的感覺，同樣的第二段「思想是懸宕的」和「事件是鬆弛的」都是類似的表達方式。但是第四段說「邏輯是失序的」，這裡是嚴重的缺點，這已經是散文了，後面的「倫理是捏造的」和「主題是分析的」又太過於直接，雖然裡面出現沒有詩質的句子和凌亂失控的現象，不過還是請兩位委員再品味一下。

陳　黎：這首詩運用類似催眠堆疊，但是撞在一起的時候反而是錯亂、鬆弛的。作者的設計確實很有創意，但是令人緊張的地方也很多：「覺醒是匿名的」覺醒是什麼？寫詩就像是經營房子，而詩的素材不夠，就會力有未及，造成突顯的效果不明顯。建議可以把商禽的詩看一看、修改一下，作為參考。最後一句「遺忘的／是黑夜／主體，騷散，著……」太過於俗氣，雖然說這首詩質地很好，但希望能跳脫古典的窠臼，多閱讀前輩或同代作者的作品。

路寒袖：這首詩剛剛兩位老師提到很有創意，不過隱藏了一個危機：依此形式其實是可以永無止境地描述下去的，有取巧的意味。因為看不到始和終，沒有交代一個明顯的情境出來，線索太多，加上重複性太高，整首詩看起來有些渙散，因此不論形式還是主題，都不夠完整。

〈向陽光逃難〉

陳　黎：我自己也寫過這樣的詩，像杜甫一樣，現代詩也可以「語不驚人死不休」。這首詩說：「一顆綠豆在矽膠上爆炸／成長是一列自助餐／當晚我睡在托盤裡／聽全世界的義乳哭泣／縊死前我踩上你的肩膀／費時三日蹲著說故事」，這裡寫上吊，伸出舌頭，所以「舌頭紮成降落傘」意象不錯。再來「向陽光逃難以後／才想起遺言／新死的荒謬踏著水泥從海上來／來到床邊」、「拽著一部脫頁劇本／請我讀出聲音」，這一首是所有詩裡最具有現代感的，但缺點是不夠有魅力，字句關聯沒有效率，像是「一顆綠豆」和「矽膠」有什麼關係？然後「成長是一列自助餐」、「聽全世界的義乳」，義乳是什麼東西？那自助餐又跟義乳有什麼關聯？題材不夠精確和有效率地控制底下的篇幅。第二段「縊死」和「舌頭紮成降落傘」動人但是意象卻不清楚，譬如「新死的荒謬」是什麼意思？為什麼「踏著水泥」呢？「拽著一部脫頁劇本/請我讀出聲音」什麼是「拽著」？裡面有太多弔詭的曖昧和矛盾，作者給的暗示太少。不過，我情願你們寫這樣的東西，不要堆砌古代漂亮的文句。這位作者值得致敬。

渡　也：我看不懂這首詩，他基於一種大膽、創意、特殊，還有莫名其妙、爆炸性的物件元素，很有創意。作者應該是在嘗試後現代風格，有夏宇的味道。但是字句的關聯性似乎離得太遠了，希望這位作者可以有再多一點暗示。

路寒袖：這首詩的創意值得鼓勵，繼續堅持會很有成就。但就成品而論，我沒辦法接受。「綠豆」、「矽膠」和「義乳」有什麼關係？聯繫部分在於義乳是矽膠製成，但是「義乳」跟這首詩又有什麼關聯？「成長是一列自助餐」和「睡在托盤裡」雖不難解讀，但貼切與否則有待商榷。接著講到他因為有慘澹的童年而去自殺，底下「舌頭紮成降落傘」聳動大膽，但卻不一定有效果。自殺後不是已經進入黑暗世界，應該是「背」陽光逃難，怎麼是「向」呢？「踏著水泥從海上來」又是為什麼呢？諸如此類，我們可以強

行詮釋，但缺乏具說服力的美感。豐富的想像力和強烈的企圖心的確是創作上很好的資產，但是就成品來看，我認為本詩的完成度不高。

二票作品

〈蚊〉

渡　也：這首詩寫的是情慾，題材寫法我們以前都看過，當然這首詩有它的創意，用到很多轉化的技巧，語言清楚乾淨，像是結尾「紅腫著／天明」關鍵字用得不錯，整首三段，一層一層加深下去，代表著情慾的過程。缺點就是第二段最後兩句「難耐著／赤裸」的錘鍊還要再加強。

陳　黎：這首詩的完整性很高。他大概是寫蚊子主動接近人，和人肌膚相親，你說蚊子「在我胸口游移舐咬／多狂妄的佔有／難耐著／赤裸」蚊子挑逗你而覺得情慾難耐，這不合常理。第三段「你在我視線停滯模糊」無法傳遞你的想法，「多似夢的呢喃」我也不懂在說什麼，到最後「紅腫著／天明」可以想像到作者的意思，但是前面語意有太多障礙，不夠清楚。我會投它是因為它運用了三段層遞、轉折，還有意象的鍛鍊，描寫人蚊之間情慾的互動，在此階段能夠掌握主題，我覺得已經不容易了。

路寒袖：這首詩很簡單，分成三段描寫，從「煩熱的夏夜」到「纏綿的被褥」到「惺忪的清晨」，層次非常清楚，但是形式比較格律化，因為每一段、每一句都相互對應著。最有爭議的是第二段，像是「纏綿的被褥」應該是蓋著棉被，那「難耐著/赤裸」可能是裸睡，但是明明有蓋棉被，為什麼還會有蚊子在胸口上游移呢？所以寫作過程，特別是詩，每一句都要非常斟酌推敲，甚至連標點符號都要為它負責。第三段最後三句「多似夢的呢喃/紅腫著/天明」寫得相當不錯，不過剛剛提到的小瑕疵還有改進的空間。

〈情歌〉

渡　也：這首詩是寫情場失意，表達上運用很多極為特殊的元素，作者跳開傳統，像是「汪洋中兩隻魚隨著旋律上下打水」和「開滿了纏綿髮梢和一張張你親手的/塗鴉」「開滿」這個動詞用得不錯。第二段寫以前的記憶、失戀後的痛苦，說到「合力綑綁泡過水的記憶」和「在無人的街頭賣藝/音符刮傷你的臉」，到最後「回去棉花糖做成的夢鄉」，意象特殊、佈局完整，雖然像是《古詩十九首》樸素、平淺的描寫，但是語盡情了，呈現的意象有深有淺，將這首詩描寫得很苦悶。如果要再挑剔，最後一段的「儘管我罵你是白癡、笨蛋、瘋子」沒有經營好，描寫得太隨便了，下一句「你還是背著我／一個人悄悄地唱完了整首／悠揚的寂寞」比較俗套，有些虎頭蛇尾。

路寒袖：這首作品一開始就有抓住了讀者的眼光，有個很好的開頭，看得出來作者非常努力營造整首詩的質感，包括形塑整體氛圍，但也有些地方失手，像是「合力綑綁泡過水的記憶」什麼是泡過水的記憶呢？然後「紮成一束束琴弦」指涉不太清楚，最嚴重是在後面幾句，從「沒有什麼向你隱瞞」一直到結束，過度散文化，整首詩的氣勢、氣氛到這邊完全被稀釋掉了，很可惜。

陳　黎：雖然沒有投它，但這首詩也有可取之處。譬如說「情歌的前奏還沒完／你就哭了」一開始清楚的表達想法，「汪洋中兩隻魚隨著旋律上下打水」和「水花怒放」都是簡單的句子。但從下一段開始，像是「開滿了纏綿髮梢」

表達非常不精準，底下「和一張張你親手的／塗鴉」是什麼塗鴉？「我連忙收起散落的彩色筆／你最心愛那幾隻」，這倒裝手法也是語法不乾淨的地方。不過我讚賞作者使用意象跟意象之間做為比喻的用法。然後「情歌的前奏還沒完／你就約我／合力綑綁泡過水的記憶」這裡盡量避免肉麻，「紮成一束束琴弦」琴弦一束束的要如何發出聲音呢？這裡用字不精準。最後一段「儘管我罵你是白癡、笨蛋、瘋子」句子本身沒有不恰當，而是後面「一個人悄悄地唱完了整首／悠揚的寂寞」陳腔濫調而且空泛、過於口語，並不是沒有詩味的句子就沒有詩意，而是元素間是否可以造成一種張力。

〈Define Comedy〉

路寒袖：作者很有強烈的企圖心，但是這首詩充滿了指涉不明、奇詭，毫無邏輯的句子。舉幾個例子，像「你這隻蛾卻給洪流上的飛魚叼走」非常不精準，再來「我這還有杯高禮帽下的濁綠」用濁流來比喻酒嗎？那「等著你梳一池春水」頭髮比喻成春水嗎？如果是的話，是要共飲頭髮嗎？接著下面幾

句「它實在太苦」和「痛成鎖鍊」，雖然有語不驚人死不休的味道，但痛和鎖鏈連結性不夠強。然後從「三鎖環其流動/亙久不枯」一直到結束，每一句都奇詭晦澀，整體堆疊下來，我沒有辦法感受到裡面的意義。

渡　也：這首詩我看不太懂，但不見得就不是好詩。這首和〈向陽光逃難〉一樣有創意。像是「只能割下你的頭顱/讓它在天悠翔」、「喔！它實在太苦/痛成鎖鍊」寫得太棒了，看得出這位作者很有才華，往下第三段最後兩句「她哀嚎想用胸腹乾皺的腺體/餵幾滴甘乳/卻擠出膿來」是令人震撼的句子。但是一個意象跳躍到另一個意象轉得不好，也沒有說服力，會讓人困惑句和句之間的連接關係和內在因素。

陳　黎：這首詩的美感來自文字的趣味、幽默，寫詩是一種喜劇的過程，也就是由愁苦變得光明、快樂。作者將文字帶入趣味，也運用多義性。標題創新特殊，為但丁神曲「Divina Comedy」的諧仿，但既然下了標題就必須負責，如何定義Comedy？看不出作者對於標題有深入的申述解釋。這首詩的企圖心很大，或許創意會加很多分，但如果沒有面面俱到的話，作品一定會扣很多分，因為你的題材比別人龐大，文章也比較長，缺點相對地暴露越多，創意好或不好其實只有一線之隔。至於內容上，以第二段為例「女王殷殷盼你歸巢」，為什麼突然出現女王？「你這隻蛾」和「維捷布斯克」——俄羅斯的地名，這之間又有什麼關係？為什麼「我這還有杯高禮帽下的濁綠」的下面是「等著你梳一池春水共飲」？建議你調整動詞，才會突顯「實在太苦／痛成鎖鍊」是一種辯證的過程。

三票作品

〈姆姆・嗎奈？〉

渡　也：這首詩語言樸素，但情境和感受卻相當特殊，營造的氣氛和語法也原始而親切，內外配合得恰到好處。看似隨意卻有細心經營詩裡的對話。可能因為寫的是原住民主題，表達上渾然天成，意淺情深，譬如說「大樹認識你外公」這個用法很特殊，後來的「我把他衣裳掛在樹枝上，他回來的時候就知道我在」很有詩的感覺，我覺得這首詩寫得相當好，可惜寫得太短了，不過我想或許短也是表達原始、渾然天成的一種方法。

路寒袖：這首相較於其他作品來講，非常特殊，特別是語言和形式，不刻意雕琢，像一首民間小調，或是原住民傳說，沒有文字記載，借用歌謠反覆的形式說故事，呈現平凡的生命和情感。詩雖然短，但是隱約看到時代聚落、人民的生命和環境以及族人們的密切關係。結構看似有點機械化卻是用心經營，譬如說「大樹認識你外公／我把他衣裳掛在樹枝上／他回來的時候就知道我在」，和第二節第三句「外公他回來」是呼應的，同樣的第二節最後一句「我跳舞的時候就知道他的愛」連結到第三節第三句「跳舞的人們都說什麼？」，像是一首傳唱不絕的歌謠般。我覺得是完成度非常高的作品。

陳　黎：這首詩整體來看優點應該比較多。但還是有不乾淨的素材。第一，這首詩很像童謠、純樸自然，既然如此，裡面不要加入太造作的詞彙。第二，指涉不清楚，三段是互相呼應，但「你我他」的人稱代名詞卻混亂了，像是「大樹認識你外公」誰在講話？大樹認識你還是我外公？「外公看見我跳舞」誰在跳舞？誰的外公？這裡寫得很不清楚，接下來「我跳舞的時候就知道他的愛」這裡可以很明顯知道是指自己的外公，但是前面作者卻將

「你我他」完全搞混了，第三段更是弔詭，他說「他們聽見我哭泣，就把最美的花都放他身旁」可是死了如何放在他身旁？什麼是滿了族人的愛？這首是不錯的作品，因為少許的字句不精確而扣分，我覺得很可惜。

〈當妳漸漸萎去〉

渡　也：這首詩大概是透過比喻來建構：花比喻「妳」，我是「掌心」，接著是妳和我的互動，而妳慢慢萎去，代表愛情漸漸消失。分成四段描寫情傷，處理乾淨俐落，一個接著一個場景，每一段五句敘述，形式上每句都有錘煉經營，是聰明的表達方法。一開始「妳來到我掌心」很特殊的開頭，再到第二個場景「妳的目光選擇遠行」倒過來描述「妳」的離開，接著他說「雲好近啊！」裡面可能有象徵和比喻，第三個場景「幾句詞彙被偷走/例如『我們』」代表失戀，只剩你跟我，沒有我們。他特地用四種場景說明失戀的狀態。這首詩前面寫得很好，看出作者功力不錯，可惜虎頭蛇尾，這句「幾度花開，幾聲蟬鳴」再加強會更好。

路寒袖：先幫〈姆姆・嗎奈？〉再做個說明，第二節最後一行，是個小小的疏忽，

如果加入「你」，變成你外公看你跳舞比較恰當。第三節第三句，應該是因為外公過世，族人、親人放花在外公身旁，也就是放在墳墓旁邊，「我傷慟哭他的日子就滿了族人的愛」修辭不妥當，但是可以感受到作者所要表達的意涵。

回過頭來看這首詩，是一首具朦朧之美的情愛小品，表現對愛情的不安和焦慮。

第二節說「風吹去周遭聲音，卻帶不走／巨大的沉默」、「妳的目光選擇遠行／『雲好近啊！』妳說」都有餘韻繚繞的美感。全詩以渲染的手法描摹，情感飽滿而不落俗套。

陳　黎：這首詩完成度很高，但缺失也很明顯，基本上第一段和第四段寫得不好。第一段「妳來到我掌心／選擇在某些交錯的吻痕／開出一朵朵記憶的花／百花搖曳，朗聲妳……」朗聲這個動詞可以再推敲。儘量避開避開「交錯的吻痕」、「記憶的花搖曳」這些套詞。第二段我覺得不錯，可是卻用兩行寫常理的事情「風吹去周遭聲音，卻帶不走／巨大的沉默」需要嗎？「我們凝視」這句描述她顧左右而言他，寫得不錯。第三段是我覺得寫得最好的，裡面暗示「我們」這個詞彙不見，不過這段文句仍然顯得肉麻造作、陳腔濫調。到了第四段更突出顯嚴重的缺點。

得獎名單

首獎：〈姆姆・嗎奈？〉
貳獎：〈當妳漸漸萎去〉
參獎：〈情歌〉
佳作：〈蚊〉、〈向陽光逃難〉、〈失眠〉、〈Define Comedy〉

現場問答

問：剛才老師表示對於「那一杯高腳帽下的那個濁綠」和「維捷布斯克」原由不清楚，所以說明一下。我的確選太艱深的東西，不過「維捷布斯克」就是最近來台灣展覽畫作的畫家——夏卡爾的故鄉，至於「那一杯高腳帽下的濁綠」是馬內的一幅畫，叫作〈飲苦艾酒的男人〉，謝謝。

（〈Define Comedy〉作者）

陳　黎：我覺得知不知道典故的來源都無所謂。重要是你的字句，像是「梳一池春水」，「梳」這個動詞和觀念要清楚，你可能有你想表達的方法，但讀者沒有感受到效果。我尊重你的詞彙，非常有潛力，但是你要在詩裡傳達比較確切的想法。

作　者：因為夏卡爾曾經有個朋友寫給他一首詩，寫到「像個野蠻人的為你臉龐上色」，所以我想單純描寫會很難指涉到給夏卡爾詩的段落，所以才會將地名加上去。

陳　黎：後面有沒有指涉都沒有問題，問題是假如一開始我們看不懂，再重看的時候，會不會有另一種沉澱和收穫？將地名、名字放進去都不重要，我肯定和尊重你的作品材料來源，但是如何透過文字的表達，選擇適當的動詞，將整個效果突顯出來，這才是重點。

問：關於路寒袖老師提到被褥的問題，第一，本人真的是裸睡，第二，「纏綿的被褥」是因為前面的「輾轉」，其實睡覺通常是和棉被糾結成一團，可能頭上腳下，第二段就是想顯現這種掙扎，下面才出現「難耐著」的感覺。

（〈蚊〉作者）

路寒袖：詩有時候需要適當的註腳，也就是作者必須設下一些線索，當在追求高度的詩意的時候，恰當以及精準運用是最基本的要求。你這樣的解釋我可以接受，但如果沒有到這層面情境思考，就很難想像蚊子的舐咬。精確度還不夠，建議字句可以再多加推敲。

問：剛剛老師在評論的時候，好像比較注重詩的邏輯性和寫實性，會不會造成詩跟散文沒辦法區隔？詩的存在意義會不會被抹滅掉？

渡　也：這個問題問得很好，譬如說〈蚊〉的最後一段第一行「惺忪的清晨」，惺忪平常描寫睡意，也可以轉化成清晨，同樣的「纏綿」平常描寫情，這裡轉化成棉被。但是從第二段第一句過渡到第二句，好像有點跳脫，棉被寫完直接跳到「你在我胸口」，基本上散文如果跳躍式的描寫，會變成文句不通，但新詩的跳脫可以省去很多字詞，而不會太瑣碎。

問：希望老師可以給〈燒刀子〉一些評價。

（〈燒刀子〉作者）

陳　黎：這篇太多模糊的意象，不夠精準，所以不容易落入你藉由詩設計的迷宮或是遊戲。你有些意念其實很強烈，值得肯定，但最重要的是如何精準體現。感覺你寫詩是戰戰兢兢的，沒有能力去追隨你寫的意象。不過你很有才性，這是不可抹滅的。

問：我幫同學問，主要是希望大家思考一些問題：第一，〈菊島絮語〉這篇第二節裡面有陶淵明〈閒情賦〉的典故，像是「願衣為領，願裳為帶」、「願髮為澤，願眉為黛」，這樣的典故放在新詩裡，會造成什麼障礙？或是有什麼加分效果？第二是關於〈失眠〉，用了很多「著」和「的」，應該是模擬時鐘滴答或是露水從瓦片落下的聲音，像這樣子的詩歌有沒有什麼特別的效果？

（中文系　陶玉璞老師）

渡　也：有同學寫超現實主義畫家夏卡爾，也是運用西方典故，但卻不知其意。建議用典時能夠將其化用，產生新意，會造成張力和新鮮感，呈現出不同的涵義，如此一來會開闊詩意，不要變成冷僻的典故，產生閱讀障礙。可是〈菊島絮語〉裡面陶淵明的典故，沒有產生新意，可以試著融入成為自己的想法。

陳　黎：這個問題我要插話一下，這首詩用了陶淵明〈閒情賦〉，雖然你熱愛這個典故，可是為什麼在詩裡沒有感覺？也就是說轉化、拼貼和挪用的時候，最重要是你的寫法必須要呈現新的意義，如果只是將陶淵明的詩或文直接放在詩作裡，不過是抄一段作品而已。

路寒袖：〈失眠〉剛剛陶老師有非常好的解讀，他說用「著」模擬時間和鐘擺的聲音，但是比較大的問題是：它可以無限延伸，也可以極度收縮。但都是在抽象層面打轉，譬如：「守著」、「存在」、「控制」、「在場」、「鄰近」，雖然虛實相生、情景交融，但虛實之間沒有做好緊密和創意連結，不過是抽象解釋抽象，沒有得到具體意象。我覺得〈失眠〉這首有詩的 sense，但是作者可以在技巧上有更進步的表現，建議多閱讀其他作品，找出自己寫作的路線。

小說決審會

評審老師

1977年生，台北人。台大外文系畢業。台北藝術大學戲劇碩士，現就讀台北藝術大學戲劇學系博士班。著有短篇小說集《王考》，長篇小說《無傷時代》，舞台劇本《小事》。

1967年生，金門人。東吳大學中文所畢業。近年來以金門書寫為主軸。著有《金門》、《如果我在那裡》、《荒言》、《崢嶸》、《履霜》、《火殤世紀》等作品。現為《幼獅文藝》主編。

東海大學中文系、東華大學創英所畢業，擔任過劇場編劇、記者、教師。小說曾獲國內重要文學獎，作品多次改編成電視單元劇，小說連年入選年度小說選。作品常融入客家語言、文化及歷史，並與民間傳說、習俗編織成一篇篇魔幻寫實風格的鄉野傳奇。晚近出版的小說為《殺鬼》、《喪禮上的故事》。

總評

吳鈞堯：今天兩階段投票，先不記名次選出四篇作品，按照得票數由少到多，進行討論。在進行投票之前，為本次入圍作品作概括式的總評。

甘耀明：十篇入圍作品可分為兩個區塊，一是大眾文學，表現出努力地講述一個故事；另外一個是純文學的區塊。為鼓勵純文學與大眾文學，這兩個區塊我都想各提拔一些作品，讓它能見度高一點。

童偉格：在我看來寫作者平常看的書，反映在寫作形式上，也成為他們追求的那個作品。甘老師以大眾文學與純文學來分，我則以通俗小說與嚴肅小說區分。無論是以何種小說為基礎，多呈現某種對非日常的追求。同學在可控制的結構裡，努力想要展現一種可能性——懸念、驚奇。因此有一位同學寫了相對不一樣的小說，他非常不安，所以他在最後註腳寫：「各位老師我已經很努力讓它情節很特別了，不好意思這是我第一次寫。」這解釋很特別，也看的出嘗試將小說寫得非日常。

各大專院校文學獎越來越普遍，分不出學校或作者習慣生活在哪裡。若將它打散，會看到一個非常普遍、空泛的印象，非常的不在地化。書寫像一個避難艙，大家都想努力迴避日常生活。所以我認為這十篇小說蠻奇特的，它跟我們日常生活都沒有什麼關係，像放在真空包裡，空運到貴校、貴系來的。在此情況下，我回到小說基本評分標準，就是在各位提供的可能性，作品完成度有多少。

吳鈞堯：童老師提到真空包的概念，與我的看法近似。照我的揣測是無菌且真空的，代表同學對於創作是以自己的方法詮釋。裡面會有很多變種，這樣的小說世界有它的可能性，可能長得比較不一樣，花開得也比較妖豔。可是也有其缺失，會比較不吻合一般審稿的標準。當同學創作小說時，不能一直活在自己的真空包裹，要割破真空包，跟外界話題的空氣、細菌混合，或許有不同的效果。

第一階段投票

一票：吳鈞堯〈寂靜之歌〉
　　　甘耀明〈雪天使〉
二票：童偉格、吳鈞堯〈雙〉
　　　童偉格、甘耀明〈方羽歆〉
三票：〈田水伯〉、〈燈火一街，食骨人〉

二票作品

〈雙〉

童偉格：我在〈雙〉和〈我是人〉這些小說中，權宜性地選擇〈雙〉。〈雙〉是比較適切、可預期且難度較高的題材。〈雙〉有兩重架構，第一個是雙胞胎冒充彼此，作者嘗試呈現有關認同的矛盾，但最後決定縮手；第二層是關於悲劇的女主角，她的雙胞胎姊姊在生命初期就過世了，不過倖存的妹妹，仍當姊姊在情感、想像中還存在。於是當她度過人生障礙時，都以姊姊同在的方式經歷，讓自己好過一點。

這在許多作品很常見，例如丹尼爾．凱斯也出版了有關人格分裂的姊妹。前面的情節在日本漫畫也很常見，特別是安達充《好逑雙物語》裡雙胞胎兄弟的故事，作者努力讓雙胞胎有關的梗結合在故事裡。〈雙〉內容在執行上是成功的，因為結構本身執行相對繁複，形式設定本就多義，有恰當的準確性。例如對於身分認同、記憶真假或是關於愛情為何問題，對於這個結構是恰當的，所以多義性可以被長存、接受，並非作者努力想將作品的影像塗深，只是對於小說書寫或結構的控制來說這是必要的。在這十篇作品裡頭，〈雙〉有較明顯的優勢跟複雜性。

吳鈞堯：我稍微補充所謂雙胞胎身分。文中一對是可以交換身分的雙胞胎兄弟，換身分、換位置甚至可以換口音、型號；另一個女生則幻想已夭折的雙胞胎姊姊還在，是孤單的存在，兩相對比下給我很大的孤獨感，進而反映一種心理上的層次，把原點凸顯出來。

甘耀明：故事動機很好，但我沒有投它的原因，第一，肉票最後被釋放時，被錯綁

的哥哥原諒了她，並覺得沒什麼，說服力略嫌不足；第二點，在敘事觀點方面，一下跳到沈央琳、一下哥哥、一下弟弟，當跳到沈央琳時，小說就破梗了。因為敘事觀點轉換不定，無法保有神祕性或隱藏故事，本來帶著懸疑的風格，突然就知道兇手，造成讀者期待降低。

〈方羽歆〉

童偉格：在這十篇小說當中，我認為〈方羽歆〉的作者是真的在寫自己想寫的小說。他寫得很清淡，有些多餘的東西造成理解困難。他慢速地計算著有關「方羽歆」三個字作為名字安放的結構。小說進行到第二部份快結束時，我們才發現，這個「我」——敘事者，就是方羽歆。於是在方羽歆語未落定前的敘事，是為了讓她的聲音隨著自己名字而落定。接著小說後面三分之二的部分，是一個重要場景，她在新地方租屋而有新室友，並且和過去的朋友，怪咖學弟——謝辰暐取得聯繫，在落定之後接著開始處理這件事。謝辰暐是她高中詩社的學弟，很會寫詩但不擅與人相處。後來謝辰暐喜歡上方羽歆，接著以各種詩情畫意的方式告白。當時方羽歆高三，找了機會拒絕了謝辰暐，並跟他說：「你的詩要繼續寫下去，應該可以成為一個詩人，但你也應該學一下我們這些不寫詩的人，和你相處真的很不自然。」希望學弟至少可以學會如何跟一般人正常地相處。小說經營到這裡慢慢往前回溯，我們才知道方羽歆拒絕謝辰暐的理由可能跟人際關係有關。雖然作者清描淡寫，但我們不難發現這拒絕以及其可能造成的傷害，在方羽歆心中慢慢醞釀發酵。

她之後就沒有再跟這位學弟聯絡，事隔一、兩年之後，方羽歆在新家收到謝辰暐的信，她花了整整一晚仍不敢打開，甚至第二天沒有辦法去上學。作者將這些都省略、留白了，有種含蓄的美感。到此，我們反而明白作者為什麼要以聚會場合、一大堆人名如此混亂的開場。它成了一個時移事往的故事，再經過一、兩年，看過某些人的戀情順利或不順利；組成新的小團體，又離開展開一個新的生活，幾年的經歷也許讓方羽歆開始對整件事有不同的看法，或是比較知道應該要如何去承受、承擔。也許是她的善意，所以流露出沒有那麼尷尬的回憶。於是經過這一切後，結尾輕輕地落在她決定要回信給學弟，以「全新的我」的姿態跟過去取得聯繫。作者用比較自我的方式，非常沉穩地經營，所以讀完這篇作品後，會覺得處在比較神秘、私我的面向上，這位作者完成其他作者沒有到達的自我境界。

甘耀明：小說其實可以從生活中去提煉。譬如說〈方羽歆〉以及最後一篇〈燈火一街，食骨人〉，但貼合生活最怕沒有味道。很多人寫得是離開生活層面，可是裡面很多地方卻有擬真性，於是看起來較為虛假，但這篇卻很有味道。它在寫一個女生在大學生活所碰觸的東西，從一個高中同學開始，裡面寫了許多八卦、記憶包括洗衣服趣事，這樣的生活化寫法很有意思。有兩個人物寫得很好，第一個是文儀，這個怪怪的同學和她一起住；第二個是暗戀她，奇怪、柔弱卻又勇敢爬氣窗的謝辰暐。文儀有一輛機車，在大學是讓大家很羨慕的，同班同學向心情不好的她借機車被狠狠拒絕，這裡寫得非常精彩。謝辰暐寫得有點像軟弱阿飄，但卻是一個有毅力追求愛情又不求回報的人，他就是要讓對方知道愛情的存在。他文中展現淡淡的愛戀，又不落入俗套，讓人不斷咀嚼。

此篇可提升的空間是前面的同學會，效益不強，短篇小說寫得像《紅樓夢》一樣多，實在令人苦惱，太多名詞干擾主角方羽歆和文儀、謝辰暐這兩個怪怪的人，人物可以更集中，如果把鏡頭拉近在文儀或謝辰暐身上，就不須加入這麼多人，干擾會比較小。另外，在這幾篇作品中都習慣寫一句話之後空出很大的空格，空格是要有目地的，像是切隔了時間、地點或運用的手法改變，如果空格沒有讓人家看清楚，其實可以不用。

吳鈞堯：我沒有投它是因為小說取材生活，可未必整個套用到小說中，盡可能降低它的干擾。如同甘老師提到人物太多，也許是作者在寫時往事歷歷在目，必須詳細記錄才能表達完整，但如此一來生活面拷貝的程度也就高了一點。讀完這篇作品有種讀張愛玲作品的感覺，溫馨有溫度，但應該把生活上取材適當的剪裁。

三票作品

〈田水伯〉

甘耀明：〈田水伯〉是我蠻喜歡的一篇，第一，有鄉土小說的味道。文中田水伯喝了一小口農藥，自殺原因不明。田水伯因為感受不到家庭溫暖，寧願跟孫女靜如在醫院耗日子。他不斷在醫院裡轉房，又因為病房會互相排擠，因此從骨科轉到心臟科，呈現醫院裡不斷流浪的基調。醫院地上有很多不同顏色的線，指引到不同科，其實暗示出病床在醫院裡的漂泊，這點寫得非常好。第二，祖孫之情經營得很成功。可看出作者觀察日常生活的用心；第三，是祖父的性格，例如主角講到不給紅包的祖父有點吝嗇，甚至有時候覺得他會去嫖妓。一個不是很優秀，但也不是壞到底的祖父，在這個原生家庭產生很多衝突。當作者處理這樣的角色時，祖父會投射出令人同情的感受，角色塑造非常成功。

另外結局，他的兒子景發說：「爸！我們要不要回去抽個菸？」寫得非常生活化，父子間細膩情感用一句話就表達出來。然而火車那一段描寫有點突兀，田水伯年輕時居然在鐵路局，文章就只有這段提到，像奶粉沒有融化打散，有不勻稱的感覺。田水伯應該是務農的才喝農藥自殺，可是中間跳到關於火車的記憶，他扣準不斷轉移的火車站，銜接在醫院轉移的過程，也許他忽然想寫火車，因此為田水伯塑造這樣的身世，這區塊沒有打散，比較可惜。

此篇的閩南語有些錯誤，有時用諧音，有時用標準閩南語漢字，兩者混用，例如「粒郎安怎？」，「粒」就是「你」的意思，整篇文章裡有很多這樣的諧音，太多閩南語漢字互相的混淆，應該要求精準，否則換成我們講國語但帶著閩南語的味道。這是沒有完整的標準，有時候寫得太標準反而看不太懂，不寫人家又說你怎不表達出來，永遠無法兩全其美，必須自己去拿捏。但有些最基本的字，「粒郎」那個「郎」就是「人」，怎寫一個「新郎」的「郎」？會顯得奇怪。

此外，敘事觀點分岔的問題，短篇小說文章不長，要求用一個敘事觀點看世界，例如敘事觀點應該落在孫女靜如身上，卻跑出一個美雯舅媽。如果敘事觀點統一，就要放在靜如身上去觀察舅媽美雯心裡的反應，可他完全從舅媽的角度寫。到最後美雯要請自己的爸爸離開醫院的時候，這時敘事觀點要放回靜如身上：她對這個情況有什麼反應，或美雯跟靜如一起演一齣戲，這時敘事觀點可更緊密的聯繫。但美雯卻跳出來了，變成她在演一齣戲，看不出這個敘事觀點中靜如想表達的概念。敘事觀點找不到著落點非常可惜。像我早期研究聯合文學小說新人獎，評審在講評作品只要看到

一句話敘事觀點有誤就扣分，此篇應該要從靜如心理感受角度描寫，有好幾段都跳出來，後面沒有她表達的感受，很可惜。不過我蠻喜歡這篇的。

童偉格：〈田水伯〉用一個老人及表現過去瀟灑特別的生活方式。在寓意上變成一個原鄉的典故，並在結尾對於這個年齡層回鄉閒置的時光，賦予另類的懷舊與尊重。這些鄉土元素讓我不由自主想起楊富閔先生的作品與手法。我要強調這套運作模式相對的安全，這是策略的考量，他將作品收結在彷彿應許的黃昏裡，於是田水伯在結尾似乎能使人感動。作者寫得還不錯，我倒建議作者想想一件事，在所有一切成就或者已經儼然成立的某種特定書寫中，是作者全心想走的路嗎？我想說的是，事實上作品只要將技術操作和敘事方式用得更好的話，其實這位作者已經準備好要在鄉土文學從事營生。身為一個偽鄉土文學作者，確實少見台語這麼難唸的作品，尤其當我確認作品的尺規跟時間方法後，我的問題會就是台語書寫方式，是可以斟酌的。不過我再強調，現在所檢視出來都是技術上小問題，因為這作品已經在某種常見的光譜當中，自我寸量規格，像是一個安全的收結方式。我建議作者再想一想。

吳鈞堯：〈田水伯〉這篇我也很喜歡。作者寫完這篇小說後應該覺得很慌恐，怎麼辦？裡面沒有殺人，沒有強暴跟小三。好像沒什麼精彩度，其實很多精彩的小說也沒有驚天動地的情節，反而關係到作者深入內心的程度，深入越多就越精彩有張力。這也是一種爆點，裡面很多字句寫得非常好，像「她知道她外公當他自己死了」還有後面「她覺得她外公更像是當她們都死了」這是非常有趣的說明。不過我也呼應兩位老師的看法，我也看不太懂裡面的台語，要做多層翻譯才能理解。

〈燈火一街，食骨人〉

吳鈞堯：〈燈火一街，食骨人〉是我認為這次比賽形式上特別著墨的一篇。裡面分成兩個部分，「燈火一街」跟「食骨人」，「燈火一街」用細明體表達，另一部分用楷體方式呈現。「燈火一街」一開始寫和小時候的朋友重逢，燈火一街大火後他們就分開去跑海，主要著墨主角有一個寬厚的肩膀，家庭一路顛顛頗頗，先經營中藥行，後來又賣牛排，三個姊姊都要工作，只有他拿著媽媽的錢，做著理想的夢，後來發現自己沒有擔負重任的肩膀，

形成一個對比。而這楷體是隱喻一個預言，食骨人要成為蝴蝶必須殺死親人，這是一個成長的比喻，不過我想裡面充滿更多對於自身處境的檢討，是不是多數人都缺乏理想也沒有高度的抗壓，或許作者在檢討這樣的情況，也為其所苦，努力在找一副肩膀。裡面有個作者特別著墨有趣的地方，他們的肩頭都有一個胎記，一個消失，另一個萎縮，有象徵意義在裡頭。

甘耀明：作者應該是用自身經驗去寫這篇文章，例如家裡開牛排館。他寫的攤販，包括一個攤販的經營、燈火一街以及最後燒盡這條街繁華的大火。故事性不強，但帶著能夠輕微搖晃人的調調，像一開頭冬夜下著小雨的感覺不斷搔著你內心，從這個觀點來看其實是經驗的轉換，而非故事的衝突。我覺得他寫得文章調性舒緩，不疾不徐的節奏是所有篇章中最好的，節奏是寫小說最基本的功夫；寫得太快，就像有些小說，八百字就殺人，再八百字父母雙亡，再八百字外遇，再八百字跳樓。一篇小說無法容納太多議題，而它用食骨人作為象徵方式，以燈火一街兩面的角度去描寫微雨埔里的氣氛，我覺得他經營得不錯。至於語言也是非常秀逸的一篇，文章的力道跟細膩度非常勻稱。

童偉格：〈燈火一街，食骨人〉當中對於賣牛排利潤計算之繁瑣和精確，可能是將個人親身經歷，以現代主義的手法捕捉細節並加以重組，是一個在技術上要求比較高的作品。以這樣的觀點縫合的作品，造成若干年後，以一個觀看他者角度觀看從前自我的方式，是寓意的來源。走出燈火一街多年的我，也許以形式拖曳一段過往的時光，他之所以能夠過著知識分子的生活，來自供養他的過去的時光，對他而言，往事就是所有記憶的來源。可以看到，他在講對於那黑暗、蠻荒，某種負罪感，或在心理上覺得自己是剝蝕、啃噬親人骨肉的食骨人。所以，相對光明或是較有文明階級的知識生活中，隱然感受到內心的不安。這大概是〈燈火一街，食骨人〉中，以現代主義的方式在繚繞、迴旋結構外部成就的一個狀態。

但他最後有一點小小的閃失跟觀測距離有關，或許是刪改不完全的混亂。比方說「母親總在幾個禮拜內打電話給他，問我有沒有需要的東西，我總是回答隨便都好，後來寄來的是一箱滿滿的食物，其中有大半部分我並不喜歡，因為那些對他來說都相當不討胃口。」我已經有點混亂了，因為他在「我和他」——人稱代名詞上呈現的技術不精準，不過可以理解是，因為作者應該花了非常多時間在寸量、觀測位置，這是這篇小說迴旋運作非常重要的重點。

到了後半段更為混亂：「那年火災，他上完課之後打夜班工，忙到三點多。整條街相當熱鬧，看熱鬧的人很多。在睡夢中我被吵醒，我聽到有轟隆隆的焚燒聲……但我卻在一陣凌亂當中看見他站在人群之中……燈火一街的生活在他眼前是如此的平凡與自然。那衣食無虞的日子本是我身為家中唯一男丁的待遇」這也許是刪改關係，在不斷寸量的時候，這篇小說事實上是以比較合於預期、較詩化的方式，勉強在結構上合理完成，並不是被縫合或者是故事本身被封閉起來，而是根據作者自己的測量製造更多的變奏。因此感覺相對簡單，但技術要求相對高的作品。

得獎名單

首獎：〈田水伯〉
貳獎：〈方羽歆〉
參獎：〈燈火一街，食骨人〉
佳作：〈雙〉、〈家〉、〈我是人〉

現場問答

問：請評審老師給我第四篇〈造夢計畫〉一些指教，謝謝。

（〈造夢計畫〉作者）

吳鈞堯：〈造夢計畫〉是寫對於一個成為作家的狂想，裡面對作家的看法其實我們看了會有點刺眼。比如說：「作家的話可以聽，馬糞都可以當面膜了。」而且用了好多次，我們都覺飽受傷害。裡面故事發展的合理性是有待加強，比如說裡面應該有影射「林榮三文學獎」，所以裡面出現「合歡山文

學獎」，是一篇蠻有嘲諷味道的小說，但作者可能對台灣文學獎的結構不清楚，儘管偏向諷刺小說，但嘲諷的本質跟現實脫離。而裡面有一個優點，就是標題很有天分。比如說作家女友掉到合歡山下面，報社爭相報導。標題很有特色：「名作家女友垂危，每天渴望與女人做愛」、「女友合歡山失足，名作家願為愛封筆？」、「奇蹟！作家愛感動上蒼，女友死而復生！」、「作家女友：不准封筆，必須炫耀我們的甜蜜」、「淒美愛情作家封筆，幸福愛情作家重新拾筆」。文中多個報社標題不錯，我當過時報周刊編輯，工作就是做文案、標題，我覺得蠻有意思的。

童偉格：我對〈造夢計畫〉裡面描述的作家生活充滿羨慕，身為作家如何可以一邊從事寫作一邊盡情膚淺，我感覺到是對於台灣文學反映的憤怒嗎？不曉得有沒有誤判。不過如果這是針對文學獎現象來討論文學獎投稿作品的話，這是後設小說。我認為分寸、面向和光譜上，作者其實可以將它寫得更為理想，而不是看完了只覺得好羨慕，也想和作品裡的作家一樣膚淺。

文學獎事記

民國九十九年

九月初　擬定文學獎企劃書

十二月三十一日　徵稿開始

民國一百年

三月初　編輯組會議開始

三月十四日　徵稿截止

三月中到三月底　初審審稿階段

三月三十一日　講座：追尋日常的靈光

四月初　公布初審入圍名單

四月中到四月底　決審審稿階段

五月二日　講座：奇妙的隨身筆記本

五月三日　新詩決審會

五月四日　小說決審會

五月五日　散文決審會

六月二十八日　文學獎作品集編輯開始

八月中　編輯結束、付印

工作名單

國立暨南國際大學 主辦
國立暨南國際大學中國語文學系 承辦
國立暨南國際大學中國語文學系系學會 協辦

指導老師：王學玲、陳正芳

總　召：李東龍

副　召：趙芷涵

工作人員名單：

學術組：簡靖瑜、凌婕榆、林佳瑩
李龍泉、劉文鳳、黃國明
林宜美、朱恬儀、陳怡如

文學獎總務：王子云

媒體組：劉靖瑋、黃冠霖

公關組：王巧瑩、廖珮雯

美宣組：林枋俞、劉力華、古馥宇

總務組：顧乃嘉

器材組：賴嘉如、洪學廣

活動組：江筱鈞、鄭宇茜

編後語

古馥宇

大家辛苦了！回頭看整個文學獎，從宣傳海報到徵稿、初審決審，最後編成作品集，看似漫長但如今也終於走向終點，真像是一場夢。感謝當初學術組的邀約，我才有機會跟著參與，過程中常需要反覆處理的許多繁瑣細節，就當作是，磨練細心和耐心吧。更重要的是總算能夠一窺一本書如何從無到有，還有所需要耐的「煩」。尤其謝謝辛苦的美編和排版。

劉文鳳

首先，組頭小瑜跟總編大人婕榆你們辛苦了，沒有你們就沒有文學獎。枋俞跟小瑜的圖真的很漂亮，還有被我戲稱為技術總監的龍泉，你真的是大家的救星，將「能者多勞」體現到極致。再來我要懺悔一下，佳瑩和小古你們校稿的認真程度，令同樣身為文編的我自嘆弗如。還有學弟學妹們，辛苦你們了。編輯組的大家，你們都是最棒的！

林佳瑩

經歷一年文學獎決審會準備、圓滿結束，以及作品集的編輯，雖然在過程中有很多的辛酸，每天都很疲累。但是歷經這麼多的過程，感覺自己成長了許多，當看到決審會順利的落幕，心中突然湧出「啊，原來這就是我們一起合力完成的成果。」的感動。一年中我真的學到很多事情，很開心也很慶幸和大家一起這麼多事，作品集出版代表著一個段落，但和大家一起努力和堅持的路程，是我一輩子都忘不了的！

簡靖瑜

回想一路走來，既是風風雨雨，亦是晴空萬里。恍惚之間，我們已從一無所有直到擁有手上這一本成品。記憶深處依稀有當時苦辣的滋味，如今回首，卻顯得虛無而不真實，似乎只有作品集的問世能使我有踏實感。編輯期間的缺憾與無措不在話下，那份共通的辛酸更是不需言語。一回神，原來我們也走過了這一程，不敢說完美，卻十足地圓滿。這本作品集雖然僅是一處角落，但處處可見掙扎與妥協的痕跡，青春佇足在書上的留白裡，指節上磨紅的繭躍入眼前。

林枋俞

很高興能夠參與作品集的編輯，我們都是沒有經驗的新手，一路跌跌撞撞也走到最後一步了，這次的文學獎也將劃下休止符。回想編輯的時光，大家一起開會討論、一起構思，逐漸完成這本作品集，這過程雖然辛苦，但也從中得到了許多東西，它讓這段日子變得充實且美好。最後，謝謝婉蕙老師的指導，還有所有編輯人員以及支持我們的人，因為有大家的幫忙這本書才得以完成。

李東龍

一個活動的結束，需要多少人的付出？一本書的完成，又需要多少次的討論？
但一切宛若未開始。
限字兩百的編後語，我願把字數留給感謝，
感謝那些寫於書末、以及未寫入書末的工作人員。
謝謝你們，真的。

李龍泉

負責排版工作之後，才明瞭要讓一行中文字看起來順眼並不容易，尤其是標點得動用 InDesign 裡一堆玄妙難懂的設定。以至於現在看書都下意識地觀察內文的是如何排版、字體與標點如何設定等等（掩面）。雖然過程很煩，但是能參與親手將一堆文字化為另一堆可以送印的稿件，即使已經走到了最後一步，依然覺得不可思議。

在這個過程中，我所學到的也遠遠不止於軟體的應用而已，所有大家一起經歷的點點滴滴，單憑獲益良多四字是無法承載的。

感謝所有的同事們，並且僅以此——

獻給我盡職燃燒的肝以及將之賜與的人

凌婕榆

簡單幾行編後語，卻讓我刪刪改改無數次。

想說的或許只有簡單的一句話：謝謝大家。

感謝編輯組的夥伴們、婉蕙老師，還有一路上給予我們支持與鼓勵的人。

一同不畏艱難地走到最後，這次的編輯經驗會讓我們回憶很久吧。

至少，我會永難忘懷。

國家圖書館出版品預行編目資料

水煙紗漣文學獎作品集. 第十屆 / 凌婕榆
總編輯. -- 南投縣埔里鎮：暨大中文系,
2011.08
面； 公分

ISBN 978-986-02-8608-3（平裝）
863.8 100014018

第十屆水煙紗漣文學獎作品集

發　行　國立暨南國際大學 中國語文學系
地　址　54561 南投縣埔里鎮大學路 1 號
電　話　(049) 2910960-2601
指導老師　彭婉蕙
總 編 輯　凌婕榆
封面設計　簡靖瑜
內頁設計　林枋俞 簡靖瑜
美　編　簡靖瑜 林枋俞 李東龍 李龍泉 林宜美
文　編　林佳瑩 古馥宇 劉文鳳 朱恬儀
　　　　陳怡如 黃國明 陳姿穎
印　刷　合益印刷製版有限公司
出版一刷　2011 年 8 月
定　價　新台幣 270 元
ISBN / 978-986-02-8608-3
GPN / 1010002442